冰心散文奖

获奖作家散文自选集

花事于人渐有涯

申瑞瑾 著

组　　稿：中国散文学会

总 主 编：周　明　红　孩

执行主编：凌　翔

中国经济出版社

CHINA ECONOMIC PUBLISHING HOUSE

·北京·

图书在版编目（CIP）数据

花事于人渐有涯 / 申瑞瑾著.
—北京：中国经济出版社，2020.1
（“冰心散文奖”获奖作家散文自选集 / 周明，红孩，凌翔主编）
ISBN 978-7-5136-5665-8

Ⅰ. ①花… Ⅱ. ①申… Ⅲ. ①散文集—中国—当代
Ⅳ. ① I267

中国版本图书馆 CIP 数据核字（2019）第 077324 号

策划编辑 崔姜薇
责任编辑 焦晓云
责任印制 马小宾
封面设计 陈 姝
封面插图 阿 秋

出版发行 中国经济出版社
印 刷 者 唐山楠萍印务有限公司
经 销 者 各地新华书店
开 本 710mm × 1000mm 1/16
印 张 13
字 数 168 千字
版 次 2020 年 1 月第 1 版
印 次 2020 年 1 月第 1 次
定 价 49.80 元
广告经营许可证 京西工商广字第 8179 号

中国经济出版社 网址 www. economyph. com 社址 北京市东城区安定门外大街 58 号 邮编 100011
本版图书如存在印装质量问题，请与本社发行中心联系调换（联系电话：010-57512564）

提高现代文阅读和写作成绩的金钥匙

申瑞瑾作品
现代文阅读试题详解

溆浦人的五月半

湖南溆浦过端午较为特别，兴过农历五月十五。《溆浦县志》载："端午做角黍、饮蒲酒、簪艾叶、插朱符，为竞渡之戏，而俗以初五为小端午，望日为大端午。"缘何如此，我听说过两个版本，一说与屈原有关，一说与马援有缘。前者说，公元前278年五月初五，屈原吟咏着："滔滔孟夏兮，草木莽莽。伤怀永哀兮，汩徂南土……"在汨罗抱石投江。噩耗传至其流放过9年的溆浦，已过10来天。溆浦一带，自此以五月十五为端午节。后者相传，公元48年，武威将军刘尚出征湘西剿五溪蛮，全军覆没，年过六旬的马援主动请缨。举兵日，正值五月初五。马援趁蛮酋过节，饮酒过量毫无防备，一举将敌方击败。10天后，他杀猪宰羊犒劳将士。之后，溆浦、辰溪等大湘西一带兴起了过大端午，俗称“五月半”。

我居怀化多年，既过小端午，也过五月半。小端午过得潦草，五月半过得隆重。在异乡的溆浦人大抵如此。

溆浦人在五月半也兴包粽子。最有特色的，当属因酷似枕头而得名的枕头粽。话说屈原投江的消息传至溆浦，家家户户将煮好的枕头粽用小船运到河中央，一边往河里丢，一边念念有词：“鱼兵虾将听我言，莫吃屈原大好人，要吃就吃枕头粽……”

平铺洗干净的几张箬竹叶，将上好的生糯米搁在叶子上，糯米正中间放上切成长条的五花腊肉，加胡椒粉、五香粉等，用箬竹叶裹紧成圆柱体，再用棕榈叶当绳子，将圆柱体“五花大绑”，再码入大锅。有条件的用山泉水蒸煮，用文火煮一晚，肉与油会渗入糯米中，好看又好吃的枕头粽就做好了。

父亲是邵东人，记忆里，我没见过祖母与母亲包粽子。当年住溆浦时，每逢五月半，大大娘（母亲的大嫂）会帮我们家煮好枕头粽和三角粽。举家迁怀化后，大大娘也老了，我就再没吃过她煮的枕头粽了。但每年总有溆浦熟人送几只枕头粽过来，给我们解解馋。近年，溆浦人发现商机，开起了粽子作坊。还没到小端午，枕头粽就通过快递传到了大江南北，解了无数在异乡的溆浦人的乡愁。

今年，同学“伍佰万”囤了不少龙潭合田的白丝糯，说是冷水田的。采购了山里腊肉，早早开始秘制枕头粽。我问，你请哪的师傅做？他呵呵一笑，伍师傅自己做。看到我惊讶的样子，他说，小时候见家人做过，很简单啊！我批评他的枕头粽原料虽好，但没小时候吃的香。他说，那我继续去粽子作坊偷师学艺吧！“伍佰万”姓伍，中专毕业后分到市里某企业，下岗后开始做生意，先是在步行街做了多年服装生意，积攒了数桶金，得外号“伍佰万”。但这些年实体店不好做，他尝试做过农业，几十万下去打了水漂。如今他开着奥迪，跑到老家创业，做枕头粽，也算传承了溆浦文化吧！

既然有“五月半”，中秋节就成了溆浦人的“八月半”。一到五月半，家家户户都飘出黄豆炒仔鸭的诱人香味。母亲做的鸭子尤其好吃。奇怪的是，她手把手在旁边监工，我和姐姐做的鸭子，硬是不如她做的。八月半，溆浦兴吃鹅。溆浦女婿或准女婿要在五月半备鸭两只，八月半拎两只鹅，去丈母娘家拜节。溆浦人大多喜欢选择八月半“上门”，图的是花好月圆。“上门”即订婚，“过礼”时除了礼金，还得备其他的四样或八样，鹅必不可少。女方家则退礼一半。因而，每逢佳节，土鸭与溆浦鹅的价格便会节节攀升，商贩子知道再贵你也得掏钱买。只是一到傍晚，鸭或鹅的价格会迅速暴跌，那时的节大都拜完了。

当年，有位男生，八月半兴冲冲地拎只大白鹅去女友家拜节。女方父母看不上他，将他拎去的鹅丢了出来，他沮丧地将鹅拎到另一单身同学处。同学笑他，赶紧拎回家孝敬自己父母吧！大家满以为他俩黄了，可他们又成了。

溆浦大江口的“扒龙船”，据说也为纪念屈原。端午节的龙舟竞渡，据专家考证，早在春秋前，即为南方吴越一带的图腾祭祀习俗。

15 岁那年，我跟着姐去大江口看“扒龙船”。姐当时在沅江西岸的省维尼纶厂工作。对岸是犁头嘴和顿旗山。顿旗山在犁头嘴对岸折成直角，延伸到溆水北岸，而从犁头嘴的古码头上去，是江口镇的下街，我外婆家就在那里。

那年五月半，河滩上人山人海，日头烤得河滩和我都冒着烟似的。几十艘龙船在比赛。40米长的龙船，翘起丈多高的船尾，成钢叉状，酷似龙尾。每条船上配72位水手，还有放铁炮的，吹唢呐的，挥舞破蒲扇、男扮女装搞笑指挥的，裹挟着楚地巫风的神秘与野性……

五月半“扒龙船”，一直是溆浦人的盛事。最热闹的一年，60多艘龙船在犁头嘴上下2公里的河段里“会龙”。“船多了，难免无意的碰撞和有意的挑衅，沉船、落水、打架的情况经常出现，严重的还淹死过人。”

2003年的五月半，龙舟盛事正在进行。锣鼓喧天的江中，有两条龙船纠缠一处，双方竟用船桨斗起殴来，有人被船桨打下了水。旁边几只龙船凑上来参战，一时间，江面乱作一团。附近两个村的龙船掐架了！莲花村一艘机帆船冲了进去，使得两三百人先后落水。江边长大的汉子，大多识水性，最后几十人受伤，死了好几个……欢欢喜喜的龙舟赛演变成一场悲剧。

大江口一年一度的“扒龙船”自此被政府叫停，龙船均被销毁。

10年后，大江口龙船又“扒”起来了。《九歌》里的场景重现：“驾飞龙兮北征……横大江兮扬灵。”

那年，湖南电视台元旦晚会捧红了刘欢，没捧红黎亚，陈小奇填词的《湘灵》，我还能完整地唱下来——“是什么时候的秋风，吹来潇湘古老的梦？是什么时候的琴瑟，还在等待涉江的芙蓉……”白衣的黎亚衣袂飘飘，在我心头晃了30年。

那年屈原文化节，我跟着大部队重走了一回屈原入溆路。犁头嘴古码头上的鸬鹚，江口下街，外婆的窨子屋……在回望中渐渐清晰。

五月半，外婆在吊脚楼里包的枕头粽，窨子屋旁的碗儿糕，老父亲年年帮我在家门口挂的菖蒲与艾叶,《涉江》里的那句“入溆浦余儃佪兮，迷不知吾所如”……都是怎么也飘不散的楚风古韵啊！

1. 第一段有什么作用？

2. 溆浦人的五月半有什么特点？

3. 文中插叙伍佰万的创业故事有何作用？

4. 结尾段落表达了哪些情感？

参考答案：

1. 交代了端午节的来历；增加了历史厚重感，表明节日的历史悠久；引出下文对端午节习俗的叙述。

2. 包粽子，吃鸭子，扒龙船。

3. 一是表现端午节包粽子的习俗；二是表现了传统有人继承的欣喜；三是表明在喧嚣的时代，传统文化中一样有商机可寻，人与传统相互依存。

4. 对家人的牵挂，对故乡的热爱，对屈原的追思。

点上一壶月光白

“明月四时有，何事喜中秋？”这是南宋宰相京镗在《水调歌头》里替大家追问的。古代帝王的礼制为“春祭日，秋祭月”。据说，最初祭月择在秋分，但秋分这天不一定有月，后逐渐固定在农历八月十五。南宋词人张抡在《醉落魄·一斛珠》里给出了最好的答案：“光辉皎洁。古今但赏中秋月。寻思岂是月华别。都为人间，天上气清彻。”

由祭月，到赏月，中秋节慢慢发展成了中国人的传统佳节。今时月，其实仍是秦时的月，魏晋的月，唐宋的月，明清的月。爱酒的李太白，当年一人独斟，“举杯邀明月”，醉眼蒙眬中，“对影成三人”。他曾道：“今人不见古时月，今月曾经照古人。”彼时，他是今人；我读此诗时，他早已是古人。时光在历史的长河里翻云覆雨，携着一朵又一朵的浪花决然而去，却怎么也拽不走月。月，照过古人的今月，始终保持着清淡或华美的姿态。

李太白恣意举起的是酒杯，而世间太多不善酒的人，中秋月圆时，举起的恐多为清茶了。

我始终以为，茶与明月，比酒与明月更相宜。茶是清心的茶，月是清心的月，酒却是烧心的酒。写满故事的圆月，从不曾老去，它在深蓝的天空里，每一个华丽的亮相都是清雅的。品茗、赏月、吟诵，袅袅的茶香与诗香，必然飞越 38 万公里，飘进嫦娥与吴刚的心里。①有人在月里捕获了喜悦，有人在月里读到了惆怅；有人在月里望见了思念着的人，有人忽然间明白“万里清光不可思”。

不知从哪天起，我开始对一些茶俯首称臣，我爱上了一些不曾谋面的茶，比如“月光白”。他们说，“月光白”其实是一款添加了特殊工艺的普洱，兼乌龙之清香与普洱之醇厚。面黑背白，如月光照于茶芽，叶芽宛若显毫之弯月。汤色黄了红，红了黄，越泡越澄澈。这番描述给了人无限的想象空间。落地有声的“月光白”三个字，极富质感，仿若皎洁的月光正拂过我，浸润我的内心。

月，始终盈了亏，缺了盈；始终自新月到满月，再至残月。②在周而复始的折腾中，它不曾怨、不曾倦，用纤细却坚定的光芒硬生生拽住了尘世间一些原本脆弱的灵魂。

倘若在中秋夜，倘若没人会赋诗，我们可以泡上一壶“月光白”，请来李白杜甫辛弃疾，请来清风明月桂花香，笑吟：“若得长圆如此夜，人情未必看承别。”

早年，家里最好的茶恐是长沙茉莉花茶了，多是用来待客的，茶叶罐里备有普通绿茶。母亲爱种茉莉花，她每天摘下十几朵，搁在窗台上，等花干了，就陆续收进茶叶罐里。逢中秋，兄姊再忙，也都回家聚餐。等天黑圆月出场，祖母会摆上水果、月饼，给每人泡上一杯茉莉花茶。有时家里干脆打开大门，把月光请进来，听我们闲话家常。

10年前，我们收到来自云南的第一饼熟普。我手捧普洱翻来覆去地赏玩，心想，这茶饼真像溆浦的麻子月饼。大大爷（爷，溆浦方言读ya，大爷指母亲的哥，依此类推，二哥叫二大爷）、表哥当年同在副食品加工厂工作，后来工厂没了，做月饼的技术活成了他们家传的手艺。吃过一阵子广式月饼的溆浦人，开始怀念麻子月饼，大大爷家的月饼顺势打出了名气。每年全家老少齐上阵，忙上整整一个月，中秋那天一个月饼都没得剩。有一次，我八月十五当天去买月饼，大大娘告诉我，四儿，你来晚了，每年只做到八月十四呢！

家人迁居怀化后，年年不忘托人去他家买麻子月饼。大大爷早些年去世了，表哥表姐继续做月饼，味道跟当年没什么两样。

大哥上周末回溆浦，姐姐电话给我，要带麻子月饼不？我说肯定啊，还要他家的喜莎。喜莎也是溆浦的传统中秋点心，猪油做的，松软好吃。

不知不觉中，我成了嗜茶人，有空没空，雷打不动地要喝茶。我欢喜变着花样喝茶。在茶里，我品味到了从容与清欢，更寻到了禅意与释然。我终于学会与尘世握手言和……忙时，煮上一壶黑茶或熟普；闲时，我会拿出盖碗，泡红茶，泡生普，泡铁观音，卖弄不熟练、不地道的茶艺；感冒了，我马上煮上一壶老白茶……

这些年的中秋，家人仍会聚在楼上姐家。父母随姐住，祖母十几年前去世了。饭后，姐会摆上麻子月饼和喜莎，父亲会给每人泡上茶，母亲年岁大了，窗台上没再种茉莉，上好的茶不再有茉莉的清香。年幼的侄女嘟嘟在客厅里调皮地乱窜，像我家跑儿当年。

姐姐家在五楼，我家在三楼，南北朝向的房子很难望到窗外明月。数年间，我试过邀老公去外头赏月，他不喜欢。我一个人也会下楼寻月，还去香洲广场望月。彼时，星稀月朗，月华如水，广场上笑语喧哗，共此时的天涯有心心相通的气息在月光中流转。我的心里瞬间掠过一些故人，会按捺不住拨几个电话号码，寒暄，那边月好吗？

而后，我把明月揣在怀里，装回了家。我摆出大盖碗，拿出铁观音或凤凰单丛，喊着老公，来，咱俩喝茶吃月饼吧！

早几年，我们买了城东一小区的顶层十七楼，我看中的是可以在自家顶楼上围上一部分露台，中秋品茗赏月尽享清欢便不再是梦想。跑儿还在大四，装修还是很遥远的事。下半年，他在家学英语准备考研，也是时隔三年以后，一家人能再聚中秋夜。我寻思着，那夜，陪完老父老母后，一家三口干脆驱车去寻一处有露台的茶楼，在徐徐晚风中，邀来“银盘”与白露，请来吴刚与嫦娥，点上一壶梦想了多少回的“月光白”。

1.“月光白”是什么？

2. 理解下列句子的含义。

①有人在月里捕获了喜悦，有人在月里读到了惆怅；有人在月里望见了思念着的人，有人忽然间明白“万里清光不可思”。

②在周而复始的折腾中，它不曾怨、不曾倦，用纤细却坚定的光芒硬生生拽住了尘世间一些原本脆弱的灵魂。

3. 文章结尾有何作用？

参考答案：

1. 一款特殊工艺的普洱茶；一种与明月共清辉的澄澈心境。

2. ①月亮给人无限遐想，月亮也惹起人们许多感想，成为人情感的载体。

②月亮永恒，照古人也照今人，它给人无限感慨，使人变得脆弱，又同时给予人心灵上的抚慰。

3. 一是表现了作者对品茗赏月尽享清欢生活的向往；二是表现了作者内心如月光白澄澈的心境，以及对明月清辉的喜爱。

年年岁岁花相似

去洞口挪溪采风，细雨蒙蒙中与采风的文友一道登雪峰山腹地高登山。艰苦跋涉后方路过一片草甸，草甸上星星点点着紫云英，仿若传说中的草原。我心驰神往了一年的坝上草原就是这样？边爬山，我边揣想着。石径小路直通山顶的普照寺，寺庙是明代石砌的。路的左侧为高山草甸，右边是低矮的杜鹃树。花苞都还没打，枝头有细弱嫩黄的枝芽。当地人说，须到农历五月，杜鹃才会燃烧整座山头。

盆栽的杜鹃寻常，红、紫为多，我喜欢的是暮春深山里的野生红杜鹃，俗称“映山红”。喜欢映山红又源于儿时看过的电影《闪闪的红星》，那首脍炙人口的歌至今广为传唱：“夜半三更哟，盼天明，寒冬腊月哟，盼春风，若要盼得哟，红军来，岭上开遍哟，映山红。”它表达了苏区人民对红军的热爱，寄托了他们对冲破黎明前的黑暗的决心——因为映山红开的时候，春天就来了。

从高登山下来，对面的悬崖上挂着一簇映山红，美得野性而遥远。往常去山里踏青，山路的转角处或对河的山崖上，不时会蹦出一簇簇红得深沉的杜鹃。小时吃过映山红，酸甜。山间也有淡紫的杜鹃，似朴素自然的山野少女，心无芥蒂、嘻嘻哈哈地凑在一处。这跟扬州万花园里的郁金香相反，郁金香长得跟天鹅似的，扬着颈不急不慌，悠闲自在，草地上的零星小花像“天鹅”的跟班，画面美妙绝伦。友人从杭州传来的郁金香照片，却挤得满满的，显得拥挤与猴急。假若只有一位华贵的妇人，单赏横看竖看都迷人，但倘有一干妇人，同样的装扮，挤在一坨朝你媚笑，你不觉得她们口和心不和，明里暗里较着劲吗?

我刚参加工作是在偏远的山区，但湘西的山里大都山美水绿。当年一个春日，三五成群去单位附近拍照。通往城里的公路右边是山，左边是清幽的小河，河那边是依水连绵的群山。挨山的这边偶然凹进去一点，住在附近的农民就开垦出一小块油菜地。菜花正黄，我们蹲到菜花地里拍照，一仰头，不远处的峭壁上长着一簇红杜鹃。我随口讲，咦，那花真美！就真有男孩跳起来想去摘。我并不理会他的殷情。他最终采到了映山红，青春的脸上淌着汗珠，笑嘻嘻地递过花。同事在旁边起哄，我自顾自捧着花继续往前，一脸的无所谓。少年不经世，总以为更好的在后头，便始终没有学会珍惜眼前的花与人。

多年后的一个春天，在黄岩，我第一次看到成片的映山红。低矮的杜鹃丛里，到处是红扑扑的笑脸。文友三五成群地嬉戏在杜鹃丛，一会儿在这丛花前相约合个影，一会儿飞到那簇花前。我跟几个女友不敢轻举妄动，只远远地欣赏这些外地来的女子穿梭在杜鹃丛里，心里惊羡也喜悦。我的电脑相册里，收藏着一张我手执红杜鹃低头看相机的照片，面容安静，是一位文友偷偷拍的。

次年，我特意提前去黄岩。山下公路旁人工栽培的红杜鹃开得正好，可上山一打听，说黄岩的杜鹃起码还得半个多月才开。陪我去看花的人鼓动我，还是上山去看看吧，万一开了呢，哪怕有一朵也好啊。

整座山空荡荡的，头一年人头攒动的热闹仿若眼前，我忍不住往杜鹃山上跑。真的不见一点儿红。进到树丛中细寻，才发现一个花苞。朋友在那头高呼，快来，这里找到一朵开了的！在一株齐人高的杜鹃树上，果真挂着孤单的一朵花。

朋友说，过20天，我陪你再来。

20天后，我在黔城深山小径旁见到几株矮矮的映山红。我惊异地发现，自己已不舍得去摘它。映山红是属于山野的，有人或无人探访，它年复一年寂寂无怨地开放，我何苦掐断它沉寂了一年的等待呢？

年年岁岁花相似，岁岁年年人不同。高登山顶的杜鹃估计正摩拳擦掌、跃跃欲试，黄岩的映山红估计也已到了热烈多情的时刻。我总会情不自禁地哼起《映山红》，想起那些为人民打下江山洒下热血的将士，他们才是永不凋谢的映山红啊！

1. 我为什么喜欢映山红？

2. 赏析第四段，说说它有什么作用。

3. 理解下列句子的含义。

映山红是属于山野的，有人或无人探访，它年复一年寂寂无怨地开放，我何苦掐断它沉寂了一年的等待呢？

4. 说说你喜欢的一种花，以及喜欢它的原因。

参考答案：

1. 源于一首脍炙人口的歌——《映山红》，它表达了苏区人民对红军的热爱，寄托了他们对冲破黎明前的黑暗的决心；因为映山红开的时候，春天就来了；映山红是朴素自然心无芥蒂的山野少女。

2. 运用对比的手法，把映山红和郁金香做对比，突出了映山红素朴自然心无芥蒂的特点，表达了作者对映山红的喜爱之情。

3. 映山红是山野的少女，属于山野，而不是专属于某个人。它沉寂一年，耐得住寂寞，只为等待春天的开放，我们不应该无情地破坏它们开放的梦想。

4. 略。

凤凰树上栖凤凰

我几乎忘了文友涂鸦文里引用的一首老歌："又到了凤凰花开蝉声绵绵的时候，又到了骊歌轻唱挥别说再见的时候……"我是读歌词才知凤凰花跟骊歌这俩名词的。鼓浪屿这种红绿配，处处可见。这是凤凰花。

抵达鼓浪屿时，正是高考头一天，海天白云加棕榈树、桄榔树和三角梅，令人目不暇接。在巷子的转角处，在一栋老别墅的红墙里，总会不经意地探出一树树红花绿叶，格外炫目。我明白了凤凰花跟骊歌原是相连的，花语即离别和思念。

厦大南门有个南普陀寺，随处可见僧侣，也能见到着学士服戴学士帽的毕业生，在南门的凤凰树下惜别。

凤凰，我只在湘绣被面上见过；凤凰，亦是沈从文的故乡。凤凰卫视、凤凰传奇，都跟"凤凰"有关。而凤凰只是传说中一种神鸟，世上可能本无此鸟，但人类硬拼凑它的样子，像拼凑龙的样子一般。叶如飞凰之羽、花若丹凤之冠的树便得名"凤凰树"。

我从地上捡起一朵凤凰花把玩，一只凤凰在我掌心展翅欲飞。

落花总给人以残败的感觉，但凤凰花不会。最后一次在鼓浪屿走街串巷，偶遇一株凤凰树，树冠半圆，树梢满缀五瓣火红，叶是脆生生的绿。树下一地落红，鲜嫩着，像少女的脸，仿佛在告诉你：我是凤凰，即便死去，也要留下最娇艳的模样。

从见到的第一株凤凰树，到背街小巷的凤凰树，从没有一株这般枝繁茂密、雍容华贵，它似知晓我会寻来，也就默等在这里。骊歌在心头轻起，为它伴奏的是海潮声。飞舞的“火凤凰”轻抚我的脸庞和肩头，仿佛在告诉我，你会再来，我每年都会在这里等你。

总有一年，我会在凤凰花开的季节，重回这株凤凰树下，静赏凤凰花开。

厦门岛的大街小巷和集美区处处皆是凤凰树。在厦大门口，凤凰树成了行道树。在昆明有用黄槐做行道树的，而北京街头有国槐充当卫士。我儿时起早贪黑地奔波于学校和家之间，脚踏满地梧桐叶，又怎会想到多年后，在异乡观赏不同的行道树时，忆起当年的法国梧桐?

“凤凰涅槃”，说的是美而忧伤的故事，说凤凰500年重生一次，每次大限将至，会集梧桐枝自焚，在烈火中获重生——生如死般圣洁，死如生般绚烂，恩怨情仇尽付熊熊烈火中，“浴火重生”，何等惨烈绝美！“梧桐栖凤”，则说的是作为百鸟之王的凤凰身怀宇宙，非梧桐不栖，后引申为一种君子风范，这何尝不是一种高贵，跟“宁缺毋滥”异曲同工。

沈从文的故乡凤凰是不辱没这个美名的，沱江水、吊脚楼……无须再加形容词修饰；凤凰树也是不辱没其名的，这种热带植物，马达加斯加的国树、国花，不少城市的市树、市花，在每年骊歌轻响的时刻，倾力绽放，撩拨学子的离愁……它好似始终轻诉，我们还会再见——不仅对学子说，也对赶上了花期的游子说，在海风里倾诉着的别绪，同样弥散开来。

凤凰，是今生无缘一见的神话；而凤凰树上栖凤凰花，是今生在鼓浪屿的初见。

我不怕在骊歌中轻行，不怕浴火重生，我只怕，只怕初见即是收梢。

1. 文中写凤凰涅槃有何作用？

2. 赏析第六段，说说它的作用。

3. 说说你对结尾句子含义的理解。

参考答案：

1. 起到烘托作用。凤凰花的凄美、倾尽全力地绽放与凤凰浴火重生的悲壮绝美相似，增添了凤凰花美的内涵。

2. 这段通过描写一株凤凰花树的树冠、花、叶、落红，运用比喻、想象的手法，表现凤凰花即使凋落也不会给人残败之感，仍会留下最娇艳的容颜的特点。

3. 凤凰花的凄美、倾尽全力的开放，感染了作者，使她领悟到，人的一生要像凤凰花一样倾尽全力地绽放自己，坚持不懈地去努力，成为最好的自己。

看荷

看荷，仿若只是夏日必赴的一场场盛筵。

红的、粉的、白的荷，全像天鹅般伸着颈，在南普陀寺，在富厚堂，在柳叶湖旁的池塘，在所有适合荷生长的地方，袅娜着，纤弱着，盼望着，出尘不染着。

常幻想小区也有一池荷，我可以每天去陪她说说话，领略她初绽时的羞怯、怒放中的恣意、残局间的不惧。她如旧时优美的女子，无论谁走过，都低首做着女红，始终保持亭亭的姿态。

“田田八九叶，散点绿池初。”初长成的“翠钱”，有人会去探访，有人会不着急。最被惦记的，往往是盛夏那一池清丽、半池荷香。夏荷，总让人在不卑不亢中，生出些许庄重与自持，让人在一缕风过后，恍若入了池塘。秋叶寥落时，人们大都以为荷不在了。他们不知，残荷会坚守在池塘，化成另一种清冷与决绝，直至来年新荷要来才被清理。间或有画画的人，背着画板去探访，在白纸上勾勒残荷的姿态；更多的人只在不经意间，偶遇花期已过的荷塘。彼时，可能会有心悸，有隐痛，有悲凉，才走远的夏会蓦然间又回到心头。

新建的夏荷，常常是那样突兀地转回。

新建在市郊，荷田距公路不远。远远地，可见深深浅浅的粉荷，热热闹闹地在荷田里。我常恍惚着，不知自己到底在不在荷田里，不知哪一朵才是我。我曾不止一次看到荷田里采莲子的妇人，“乱入池中看不见，闻歌始觉有人来”。我的目光，不只是抚摸荷花，更揣想莲蓬里的莲子，怎样鲜活地想迸出来。

新建的荷，不如池塘的荷那般雅致、诗意，她只似农家的新媳妇，饱满、光鲜，大大咧咧，无拘无束。不知始于何年，不知被哪位经过的城里人遇到、传播，荷田最喧闹的日子里，开始来了一拨又一拨城里人。荷田绿海，不再只担负产莲子的重任。

每年的荷田，有时成片，有时只有一垄。

有一回，我明明在新建的田埂上站着，却突然成了荷田深处的一朵荷。我看见自己被荷叶掩住了半边脸，却努力踮脚、翘首，只为装作与你不期而遇。

你每年都来，拿着单反相机，围着荷田，把镜头拉远拉近。我不知你能否看到被荷叶遮住的我。你在荷田边流连，我在烈日下等着。我终于等累了，累到不再在意你的来去，不再在意是否被你瞥见，连你的镜头里有我没我，都不重要了。

你也许会再来，在几天后的清晨或午后，也许在来年。或许是一个人，或许是一群人。你温暖的目光仍会扫过荷田，定格在哪一朵。那一朵可能依旧不是我。而我一如从前，藏在荷塘的深处，等不及映入你的瞳孔。

秋来，你不会来；秋去，我早已老去。你可能在某个寂寥的秋日，不经意遇到另一池荷。彼时，我又在荷塘一隅，潸然泪下，只为这一生，都可能只是我，只是我遇见你。

而年少、盛年乃至暮年时，我始终愿是一朵荷，一朵可能被轻轻忽略的荷，一朵和别的花一样，有过完整一生的荷。

1. 作者为什么说“看荷，仿若只是夏日必赴的一场场盛筵”？

2. 赏析下列句子。

①新建的荷，不如池塘的荷那般雅致、诗意，她只似农家的新媳妇，饱满、光鲜，大大咧咧，无拘无束。

②他们不知，残荷会坚守在池塘，化成另一种清冷与决绝，直至来年新荷要来才被清理。

3. 最后五段，写作者化身为一朵荷运用了什么手法，有什么作用？

4. 你喜欢荷吗？请写出与荷有关的两句诗词。

参考答案：

1. 夏天，在所有适合荷生长的地方，荷袅娜着，纤弱着，盼望着，出尘不染着，吸引了人们的目光，一拨又一拨城里人到荷田绿海赏景。

2. ①运用对比、比喻、拟人的手法，写出了荷饱满、光鲜、无拘无束的特点。

②运用拟人的手法，写出了残荷坚守、清冷与决绝的姿态，表达了作者对残荷风骨的赞美之情。

3. 运用拟物的手法，把人当作荷来写，很好地表现了荷盛开时繁盛的姿态、等待和等而不得的失落心情，借物抒情，表达了作者对荷的怜爱。

4. “接天莲叶无穷碧，映日荷花别样红”；“小荷才露尖尖角，早有蜻蜓立上头”。

珍贵的赠书

那年初夏的一个下午，我坐大哥的车从外地归家。车刚进院子，门卫老于追进来喊，小申，传达室有你的快递！我正从大哥车里抱出一堆东西，便示意同行的侄女冰冰去拿。在楼梯间，冰冰从后面递过来一包快递，明显是一本书。

谁会给我寄书呢？直到我进了家门，拆开快递封皮，才看清楚，是李元洛老师寄来的签名本随笔集《书院清池》。

李老师是著名的诗歌评论家、散文家，早年就读于北京师范大学中文系。他怎么会给我寄书呢？这要从大半个月前的浏阳大围山笔会说起。

2010 年 4 月，我受邀去大围山参加笔会，那次参加笔会的省作协老师挺多。李元洛老师也在。不记得是哪位老师跟李老师介绍：小申，笔名叫亦蓝，怀化的，是毛院七班的学生。高大的李老师朗声一笑：噢，难怪看你很面熟！

我腼腆地笑笑，没敢搭什么腔。不曾想，老师对我还有一点点印象，我确实有幸在毛泽东文学院聆听过李老师的精彩讲课，课后也上台找他合过影，但话都没来得及说，等着跟他老人家合影的同学太多了！

大围山笔会有两三天，我始终默默跟着大队伍走，没有勇气私下跟李老师交流。

笔会结束的当天清晨，时任省作协专职副主席梁瑞郴关切地问我如何回怀化，我说，我得返回长沙坐火车。他马上说，那你坐我们作协的面包车回长沙吧!

就这样，我得以与《第二次握手》的作者张扬老师、著名散文家王开林老师以及李元洛老师伉俪同车，一起从浏阳回长沙。

我陪着李夫人坐在最后一排。夫人是位慈眉善目的老教授，健谈，跟我一样信佛，她与我颇为投缘，一路聊得很尽兴。

因为我的一个极其平常的礼貌之举，李老师跟我说：小申，等会儿，把你的通信地址和手机号码给我！我正纳闷着，旁边的张扬老师笑了："李老师要给亦蓝送书了！"我且惊且喜。可当时找不到纸笔，李老师说，吃饭时你记得去借纸笔啊。

吃饭时，李老师并没提找纸笔的事，我心里有点急，但是不敢鲁莽地找他写纸条，想着，万一老师忘记了，就算了，或许他只是随口说说。

饭后大家闲谈了一会儿，①李老师突然又主动提起："小申，你赶紧去收银台找纸笔，写上你的号码跟通联。"这一回，我赶紧起身照办了。他当时还夸了下我：小申字写得不错!

回家后，我也忙，便淡忘了寄书的事。偶然记起，也想着，若老师只是随口一说，我也不会介意的。

可没过一个月，我就收到了李老师挂号寄来的散文集与一封短信。书的封面是一池隐隐的睡莲。

他怕我收不到书，特意在信里附上了他的家庭电话，嘱咐我收信后一定回个电话给他。当时是下午3点多钟，我怕影响了两位老人休息。吃了晚饭，我才怯怯地打电话过去。电话挂通后，我一时间不知该说什么，翻来覆去就说感谢。这时，李老师说，你师母要和你聊几句。我忙说，好啊！师母爽朗的笑声从电话那头传来。她热情地邀请我，倘若再去省城，一定去她家做客。我连连答应着。李老师又抢过话筒，叮嘱我，一定要看看其中的某篇，那篇随笔是收入某版高中语文教材的。我连连说好。

②李老师不轻易赠书给一个素昧平生的学生，这个我早听人说过。这份赠书之谊我自然会珍存在心。我当时就在心里想好了，一定抽时间好好读读这本书，并珍藏他的手迹。所有帮助过我，哪怕只是萍水相逢的师友，我都会珍藏在心。不管今后还有没有缘再见，不管是永远的朋友还是陌路。

李老师的散文集，我后来认真拜读了，受益匪浅。读的时候，我脑海里总是晃过他在毛院讲余光中诗歌，讲他的唐诗、宋词和元曲之旅的情景，也总想起他找我要通信地址的认真样。

一晃多年过去了，这期间我去过长沙无数次，却从没去打扰过李老师一家。我总以为，记得一个人，在心里就行。

前不久，我陪大学刚毕业的跑儿去拜会梁瑞郴老师的儿子，他是湖南卫视著名的制片人。他让一个姓李的小伙出来接的我们。跟跑儿一番面谈后，他欢迎跑儿加入他的团队，以后由小李直接带他。

一旁的小李得知我是梁老师的学生后，随口提起：我的外公也是一名作家呢！

我忙问，是谁？他轻声说，李元洛。

我的心里突然就亮堂了，那一刻，我无比想念李老师夫妇。也想着，真要找时间去看看他们了，李老师应该八十有一了！

跑儿即将跟两位老师的后辈学习与工作，这人与人的缘分真是妙不可言啊！

1．说说李元洛老师是一个什么样的人？

2．从描写手法方面赏析下列句子。

①李老师突然又主动提起："小申，你赶紧去收银台找纸笔，写上你的号码跟通联。"

②李老师不轻易赠书给一个素昧平生的学生，这个我早听人说过。这份赠书之谊我自然会珍存在心。

3．谈谈你对"所有帮助过我，哪怕只是萍水相逢的师友，我都会珍藏在心。不管今后还有没有缘再见，不管是永远的朋友还是陌路。"这段话的看法。

4．有没有人帮助过你？说说你是怎样对待别人的帮助的。

参考答案：

1．热情、守信、关心学生。

2．①运用语言描写，表现了李老师重承诺的性格特点。

②侧面描写，与老师赠书给"我"形成对比，表现了老师对"我"的关爱，以及"我"对老师的尊敬和感恩，以及对这份情意的珍惜。

3．表达了作者对李老师的感恩之情，也表现了作者是一个懂得感恩的人。感恩是这世上最美好的情感之一，我们每个人要对他人给予的帮助心存感恩，即使不能再见，感恩之情也不能忘。

4．略。

外婆的窨子屋

溆浦大江口犁头嘴，是我少时每年寒暑假必去的地方，因为那时外婆还住在那里。犁头嘴在沅江和溆水的交汇处，据说因地形像个犁头而得名。

外婆住过的街，叫江口下街。记忆里的街道就是后来在黔城和洪江古商城见过的模样。

姐姐小时就跟着外婆生活，一直到小学毕业才回到父母身边，而我自生下来一直随着父母生活，一大家子经历了无数次的迁徙，最后才扎根如今这座城市。印象里的江口下街有外婆以前住过的吊脚楼和窨子屋。直到许多年后，我才问明白为什么外婆一直没有自己的祖屋。外公以前是镇上大户人家的少老板，读书人，个头高高，英俊儒雅，乐善好施。20世纪30年代中期，一场大火烧掉了房屋，他也因此惹上一场官司，下街原有的几栋产业也变成了别人家的。迫于生计，外公当起了屠夫。据说，他当年经常给穷苦街坊赊账，甚至有时连钱也不收。新中国成立后，外公做过夜校老师。外公外婆心肠好是出了名的。外婆当年给叫花子盛饭都是去锅里盛，从不给剩饭。虽然一直清贫，好在七个子女都很争气，相继出外工作，只可惜外公没有享到儿女孙辈的清福。外公去世时，我尚在襁褓。姐姐说，也真怪，外婆年轻时都照过相，偏偏外公没有，以致现在跟家人提起外公，都只能在姐姐的描叙中想象外公的模样了。

我年幼时，外婆还住在沅江边的吊脚楼里。外婆和几个街道老太轮流值守着一个集体的杂货摊子。外婆负责时，摊子就摆在她家门口。杂货铺应有尽有，姐姐说她小时常常趁外婆不注意偷个苹果吃。那时节，苹果是多金贵的东西。我也记得，每次去江口看外婆，都能吃到她亲手做的油炸锅巴，还有她的拿手好菜——豆角腌。当然，我还会偷偷跑去买街上的碗儿糕……童年记忆中，最鲜美的小吃当属江口下街的碗儿糕了。

后来，吊脚楼的房主落实政策从农村返城，政府退回了他的祖屋，外婆就搬到斜对门已充公的窨子屋的二楼。再后来，我慢慢长大，外婆亦渐老去，杂货摊子也不见再摆了。

窨子屋的后院有一口奇怪的井，据说通向屋后那条小江。平时井水清澈见底，但碱水重不能喝，邻里都来井里挑水洗衣洗菜。可一到下雨天，小江涨水，井水也就跟着成了浑水，要到天晴才会转清。

晚年的外婆是幸福的，儿孙满堂。起初，她喜欢一个人住在窨子屋，每天不是在东家打牌就是在西家玩耍。我上高中后，有一年独自去看外婆，邻居好心告诉我她可能在某某家。逍遥自在的外婆见到寻上了别家门的我，还要再打几把牌才带我回家。在窨子屋二楼一间满舅住过的房子里，我翻到不少他和当年远在湘潭上班的舅妈之间的恋爱信。我趁外婆不注意，偷偷地一封封拆来读，往往读得面红耳赤；我还在房子里寻见母亲年轻时在杭州开会的集体照，照片上的母亲秀丽苗条，比父亲嘴里母亲年轻时“一般”的长相出众很多。外人都说我跟年轻时的母亲有点像，我就想，自己老了也会是母亲中年以后毫无美感的样子吗?年少的我心下便无端地发起愁来。

再后来，外婆更老了，儿女们不再放心她一个人独居。她终于离开了窨子屋，开始在每个子女家住上一段时间。我母亲家那时是宽敞的两层楼房，我刚结婚那些年一直住娘家。外婆来我家住的那段时间，家里还有个一手带大我的奶奶。奶奶只有父亲一个独子，外婆却有七个孝顺的儿女，她的幸福总是让奶奶私下好生羡慕。许是母亲几兄妹对外婆一向言听计从，外婆老了以后变得很爱唠叨，比她小两岁的奶奶却永远慈眉善目，我自然如旧地黏着奶奶。外婆看不顺眼，便经常找碴儿说我。年轻气盛又从小娇生惯养的我有时受不了她的唠叨，就会跟她顶嘴。外婆老跟我先生一本正经地开玩笑：阿伟啊，四妹子不懂事，你要多帮助她啊——直到现在，他还时不时"鸡毛当令箭"，学着外婆的口吻批评我，而后得意扬扬地宣称，这可是外婆的托付。

84 岁高龄的外婆临终前一段时间半身不遂，孝顺的儿女们轮流去大江口镇的小舅家伺候，大家还天天陪着她玩"跑胡子"。去看她的亲友络绎不绝。她过世后小舅家非常热闹，有好些我不认识的人在外婆灵前痛哭流涕。据说当年外婆时常接济他们，闻讯自然都来了；还有许多下街的老太太自发跑到外婆灵前来烧香……外婆生前爱打牌，舅舅们特意在棺材里放了副崭新的字牌。灵柩出门那天清晨，浩浩荡荡的队伍从新镇出发，我们这些孝子贤孙一路跪拜，重新经过上街、下街，直至犁头嘴。再坐大船逆流而上小江（溆水），把外婆埋到对江的高山腰上与外公做伴。

经过上街和下街时，几乎家家户户在门口上着三炷香，为外婆送行。毕竟外婆在那条街上生活了几十年，外公外婆有一世的好人缘。

自此，下街、犁头嘴以及窨子屋就淡出了我的视野。

1．作者回忆了外婆家窨子屋里的哪些事？

2．说说外婆是一个怎样的人。

3．从描写手法角度，赏析“经过上街和下街时，几乎家家户户在门口上着三炷香，为外婆送行”。

4．理解结尾句子的含义。

参考答案：

1．外公因一场官司家道中落，失去了他的家宅；外婆住过的吊脚楼的房主落实政策后，外婆只好又住进了大户人家已经充公的窨子屋；窨子屋后院的井；我在窨子屋二楼翻找满舅的信和妈妈的照片。

2．外婆勤劳、善良、能干、人缘好、性格爽朗。

3．运用侧面描写，表现了人们对外婆的悼念，侧面衬托出外婆善良、人缘好的形象。

4．外婆去世后，没有了外婆的下街、犁头嘴、窨子屋对我也似乎没有了意义，表达了作者的无限惆怅，有些东西随着人的离开便也淡出了视线，没了留恋。

今夜，我想起一个人

已经是农历九月初三，再过四天是奶奶的生日。这些年，我都是过了九月初七才想起。

奶奶长眠在溆浦城的花果山，面朝寺庙的背面。她信佛，那里最合适，何况邻里熟人多，她老人家不会寂寞吧？可她不会打牌，不识字，除了跟老乡串串门，除了不断地做家务，还能做什么？

她唯一的儿子也就是我父亲在溆浦工作，在生我的前三天她自邵阳来到溆浦。姐姐总说我生出来像小猫一样，可怜巴巴的，连哭声都弱弱的。是奶奶一手把我带大，好吃的全留给我，打小我就泡在蜜汁里。7岁前，我每年跟她去邵阳住一个月，那时人户不能长久分离，她得回去取各种票证。当年的邵阳在我心里是大城市，有东塔，有广场，有人防洞，有宽宽的街道……奶奶的房子临街，叫东风路，那里有我儿时的玩伴。多年以后，我去过邵阳两次，都没能找到记忆里的那条街。

我刻意选择在邵阳的宝祥寺皈依，是因为儿时很多的记忆留在那座老城。

我常在梦里与奶奶相见，也常常记起夏家溪那幢两层楼的房子，想起自己在二楼的那间小书房，想起她常常坐在家门口迎接老远就喊着“奶奶”的我。小城喊祖母是不兴喊奶奶的，叫娘娘，邵阳人喊奶奶，我们便用溆浦话喊奶奶。

奶奶个子虽矮小，五官却精致，鹅蛋脸，高鼻大眼，眉清目秀。她同龄老乡常用艳羡的口气告诉我，你奶奶年轻时是个美人呢。爷爷1938年抗日阵亡在安徽凤凰排，这是小时候大人告诉我的，也是多年以后在邵东老家修家谱时我亲眼所见的，但我从不以爷爷为荣，他本是几代单传，只因好打牌赌博，为还赌债瞒着家人替有钱人家的子女当了壮丁，不然也不会让小小年纪嫁到他家当童养媳的奶奶在20岁出头便成寡妇，而彼时父亲4岁。也为此我一直不喜欢好赌的人——倘若赌博都要赌上身家性命，这一辈子也太不值了。

但奶奶从来不曾抱怨。

我应该感谢奶奶，是她让我学会了宽容与忍让。虽然我有这样那样的毛病，但好歹还算一个生性淡泊、随遇而安的人。多年来，遭遇再多不被料到的变故与伤害，我都能始终埋在心里，最后一笑而过。后来我才明白，一笑而过的好处，就是让自己往往在不经意间又收获一些意外的惊喜。

我是个女人，所以刻意不过问政治。我觉得那是男人们的事，我的世界里，唯剩自然与人。很庆幸自己没生活在战乱年代，可以这样安安稳稳地活着，可以在心情大好或者大不好的时候去大自然，可以看着一朵花开，看着草色返青，看着枫叶变红，看着冬日飘雪，可以在夜深人静的时候想念一些值得牵挂的人。

奶奶，昨夜我梦见了那幢老房子，却没梦到您。刚才，我突然想起了您，特意去翻翻日历，才知道这一次我不会再错过您的生日了。不知道三天后我能否去小城，去花果山，去您的墓前，给您点燃三炷香。此刻我已泪流满面，我已经很久没流泪了。自您离开这些年，我一直觉得自己很孤独，如果您还健在，一定也会随着我们到这座城市定居吧？如果您知道我现在跟父母姐姐住在一幢楼里，一定会自责为什么没再坚持几年，看着嘟嘟出生，看着二哥的运气渐渐好转，看着凝凝考上大学，看着跑儿上高中……

奶奶，这个世上您是最疼我的人，是您一直不离不弃地伴着我从婴儿到了而立之年，我结婚后也一直住在娘家，就因为不舍得您。可那年初夏，一点征兆都没有，您一句话也没留，就突然撒手人寰。我当时多么伤心，闻讯赶回家后抓着你的手不肯放。你走后，好像就再没有人真正地疼过我，所以，在这个世界上，我看似幸福，却是悲伤的。

但我也明白，悲伤会突如其来，也会骤然消失，我也晓得生活周围一直有真心待我的朋友和亲人，我只是视而不见，我太容易在没有您的世界里独自臆想、无端惆怅。

离散，原本是人生常态，总有一天，我们都要跟所有的亲人与朋友永别。有些离散来得早些，有些相伴的时间长些罢了。

当我们在赶路的途中不得不与一些在意的人一一告别时，内心满载的应该不仅仅是离愁吧。

1．说说奶奶是一个什么样的人？

2．奶奶对“我”有哪些影响？

3．“离散，原本是人生常态，总有一天，我们都要跟所有的亲人与朋友永别。有些离散来得早些，有些相伴的时间长些罢了。”这段话引发了你怎样的情感体验？

参考答案：

1．勤劳、宽容、忍让、爱儿孙。

2．奶奶的宽容忍让影响了“我”，使“我”成为一个生性淡泊、随遇而安的人。多年来，遭遇再多变故与伤害，“我”都能始终埋在心里，最后一笑而过，并且明白一笑而过的好处，就是让自己往往在不经意间又收获一些意外的惊喜。

3．生离死别不可避免，人生相伴有长有短，我们要好好珍惜相处的时间，不留下遗憾。

雪中莲

对雪莲的印象，源于电影《冰山上的来客》。男中音缓缓抒情：“戈壁滩上的一股清泉，冰山上的一朵雪莲……”

当年我没去过戈壁滩，更没抵达冰山下。

雪莲，始终在我的歌声里，从《冰山上的雪莲》到《雪莲花》，再到王菲的《雪中莲》。我在歌里望见雪莲朦胧的模样。

那夜暴雨如注，心内翻江倒海，一首《雪莲》跃然纸上。写诗非我强项，心下惶然，欲寻雪莲图片壮胆，才平生第一次瞧见了雪莲的模样——十多瓣玉白或淡绿的半透明膜质苞片，拢着一颗紫色半球状的花心，像极了荷，傲立于风雪之中。

原来这就是雪莲，我唱了多年却不曾谋面的雪莲啊！

雪莲不只天山有，藏、滇、川也有分布，生长在海拔四五千米的高山流石坡及雪线附近的碎石间。唐代边塞诗人岑参曾有诗云：“耻与众草之为伍，何亭亭而独芳！何不为人之所赏兮，深山穷谷委严霜？”它属菊科，本质是菊，冠名为莲，又名雪荷花，维吾尔语称之为“塔格依力斯”。药用价值毋庸置疑，是百草之王、药中极品。雪菊，雪与菊，唉，确实没有雪跟莲那般珠联璧合。

世间万物不一定皆得求其本质。指鹿为马，有时反倒是皆大欢喜的结局。

我早已不再执迷。见与不见，遇与不遇，都已非人生中的重要课题。

世间莲，多始于初夏，亭亭于盛夏，在昆明方能遇秋莲。天山雪莲，也是七八月间开花，可俏丽在高海拔的悬崖峭壁上、冰渍岩缝中，果真是歌中唱的“莲花开在雪中间”。度娘让我醍醐灌顶：雪中莲即天山雪莲，原唱邓丽君。难怪我曾纳闷，雪花飘飞时，怎可以看见莲花朵朵开？

唱熟了王菲空灵飘逸的版本，每次去 KTV 必点曲目。无论怎样嘈杂的包厢里，只要这首《雪中莲》响起，正说着话的，都会开始凝神倾听。而歌者，瞬间升起如莲般的感觉……

普通的莲，大抵落入红尘中，在一方塘，或半亩田里，出污泥而不染；而雪莲，注定在悬崖峭壁间，在冰雪中，寂寞着它的寂寞，让冰雪见证它的无邪与坚强。

我终于见过了戈壁滩，仍没抵达冰山下。混沌间，我认得了雪莲，它仍然孤守在冰山悬崖上。你去不去见它，想必它不会在意；你若历经千山万水匍匐在天山脚下，它必然在悬崖上朝你粲然一笑，而你不一定看得见。

天山雪莲于你，也许终生只能遥望，我也愿意只是遥望。

1．文章第一段有什么作用？

2．雪莲有什么特点？

3．文中写到了关于雪莲的一些歌曲，有何用意？

4．谈谈你对文中画线句子的理解。

参考答案：

1．交代雪莲的生长环境，引出下文对雪莲的描写；吸引读者阅读的兴趣。

2．生长在海拔四五千米的高山流石坡及雪线附近的碎石间；形美如荷如玉；纤尘不染，耐寒坚韧，甘于寂寞。

3．表现了人们对雪莲的喜爱和赞美，烘托了雪莲美丽的形象和坚韧的精神。

4．不管人们关注与否，雪莲都在冰山悬崖开放，表现了雪莲甘于寂寞的豁达情怀和冰清玉洁的形象。

目　录

第一辑　花事于人渐有涯

第二辑　闲倾荷露试烹茶

第三辑 一春心事在眉尖

第四辑 人事年光应共惜

第五辑　书卷多情似故人

第一辑　花事于人渐有涯

看荷

看荷，仿若只是夏日必赴的一场场盛筵。

红的、粉的、白的荷，全像天鹅般伸着颈，在南普陀寺，在富厚堂，在柳叶湖旁的池塘，在所有适合荷生长的地方，袅娜着，纤弱着，盼望着，出尘不染着。

常幻想小区也有一池荷，我每天去陪她说说话，领略她初绽时的羞怯、怒放中的恣意、残局间的不惧。她如旧时优美的女子，无论谁走过，都低首做着女红，始终保持亭亭的姿态。

“田田八九叶，散点绿池初。”初长成的“翠钱”，有人会去探访，有人会不着急。最被惦记的，往往是盛夏那一池清丽及半池荷香。夏荷，总让人在不卑不亢中，生出些许庄重与自持，让人在一缕风过后，恍若入了池塘。秋叶寥落时，人们大都以为荷不在了。他们并不知，残荷会坚守在池塘，化成一种清冷与决绝，直至来年要腾出空间给新荷才被清理。间或有画画的人，背着画板去探访，在白纸上勾勒残荷的姿态。更多的人只在不经意间，偶遇花期已过的荷塘。彼时，可能会有心悸，有隐痛，有悲凉，才走远的夏会蓦然间又回到心头。

新建的夏荷，常是那般突兀地转回。

远在市郊的新建，是一个乡。几丘田过去即荷田。远远可见深深浅浅的粉荷，热热闹闹地在荷田里。我常恍惚自己也在荷田中，但哪一朵才是我呢？我不止一次见着采莲子的妇人，“乱入池中看不见，闻歌始觉有人来”。我的目光，是在抚摸荷花，更是在莲蓬上飘摇。我总想着，莲子可着急蹦出来呢！

新建的荷，不如池塘的荷雅致与诗意，只似农家的新媳妇，饱满，光鲜，大大咧咧，无拘无束。不知始于何年，不晓得是哪位过客，一传十，十传百，招引无数城里人来到荷田。荷田最喧闹的日子，大概也是它最孤独寂寞之时。荷田绿海，自此担负的重任，不仅仅是结莲子。

荷田每年变换着模样，有时成片，有时一垄。有一回，我明明在田埂边站着，却不知不觉潜入了荷田深处。我看见自己被荷叶掩住半边脸，却努力踮脚、翘首，只为装作与你不期而遇。

你每年都来，拿着单反相机，围着荷田，把镜头拉远拉近。我并不晓得，你能否看到被荷叶有意无意藏起来的我。你在荷田边流连，我在烈日下苦等。我终于累了，你来不来去不去，你有没有瞥见我，甚至，你的镜头里有没有我，都不重要了。

你也许会再来，在清晨或午后，或者在来年。许是一个人，或是一群人。你温暖的目光仍会扫过荷田，定格在某一朵。那一朵可能依旧不是我。而我一如从前，藏在荷塘深处。

秋来，你不会来；秋去，我早已老去。你可能在某个寂寥的秋日，不经意遇到另一池荷。彼时，我在荷塘一隅潸然泪下，只为这一生，可能都只是我遇见你。

而年少、盛年乃至暮年，我始终愿是一朵荷，一朵可能被你轻轻忽略的荷，一朵和别的花一样，有过完整一生的荷。

荷为贵

“荷为贵”，是一家农家乐的名字，曾是怀化市民每年都要去赏荷的地方。夕阳西下，在木质长廊里边赏四周的荷，边喝酒吃饭聊天，是多么惬意的一件事啊！

而我对那里念念不忘，还因一个叫新灵娃娃的女人。

“荷为贵”曾四易其主，新灵娃娃的家人应该是第三任老板。她家承包这家农家乐时，我只是去拍过荷。

第一次见新灵娃娃，是和文友山泉、羁客在太平溪郊游。山泉跟路过的一位大眼、高鼻、瓜子脸的女子打招呼。女子看起来三十大几，精致，有异国风韵。她跟山泉寒暄几句后，礼貌地冲我们笑笑，飘远了。山泉转头笑问，这女人怎样？

我装作满不在乎：什么怎样？

有气质吧？是真诚群的。

他说的群，一大帮本土中年男女，天天吆喝着郊游、AA 制聚餐。我曾被请进群，却本能地排斥，一直潜水。山泉热情介绍我是作家，不少人跟我搭讪，我也爱搭不理。

我一脸嫌弃：那是些什么人呀！山泉忙解释，新灵娃娃不一样，她是区某局副局长，也爱好文学，素质高，你们一定能聊得来。我白了他一眼，爱跟这群人混的，素质能高到哪去？

那年早春，我被人拉去公坪舞水河畔玩耍，新灵娃娃也来了。她穿着一件迷彩服花纹的羽绒服，白皙小脸藏在大毛领里，格外清秀，我瞬间改变了先前的印象。她跟大家聊天，跟我聊文学。晚餐时，她不断地给我夹菜，自然随和。

之后各忙各的，也没联络。一晃到了冬天。羁客几个约去黄岩山上拍初雪。我随口问了句：好久没看到新灵娃娃了。羁客回答：她在秋天查出肺癌，去广州治疗了。我好惊讶：要紧不？他说：不容乐观，说是肺癌晚期。

要不等她从广州回来，跟山泉去看看她？我这么想着。

转眼过年，忙得分不清东西南北。年后，山泉递信，新灵娃娃不在了。我沉默半晌，何时去的？他说，年后不久，她家人都没通知群友，我也是听她单位同事说的。想着她长睫毛下洋娃娃般的大眼睛，我有些怅然。山泉忙说，没事的，你不是爱拍荷吗？等到了夏天，我们去“荷为贵”拍荷花，说不定能在荷塘里遇到她！

挨到初夏的某夜，山泉约我。次日一早，羁客载着我们去杨村。

“荷为贵”愈发有情调了，走廊上闲散着数张藤椅、摇椅，还有几张小圆桌。一大早没有客人，只那几个身影在长廊里晃来晃去。

太阳出得早，荷开的开合的合，使我不由得想起新灵娃娃。

她该是今日的新荷，还是昨日的残荷？

在此之前，我们爱去更远一些的新建拍荷，可新建的荷一年比一年少了，大家便定点杨村的“荷为贵”。

“荷为贵”的红荷，一年年繁茂起来。摄影群里展示出来的荷，大都来自那里。“荷为贵”的新主人格外好客，听说我是作家，畅谈起他的理想与规划。也是通过他的普及，我才知荷花是要年年培植的。

那天清晨，我总感觉新灵娃娃藏在哪张荷叶下。她在池塘里若隐若现。阳光渗透荷叶以及疯长的红荷，友人惊呼产生了幻觉。我的眼神略微游离，飘过被木长廊隔开的一池荷。望着此处的荷，身后便有一道目光盯着我：亦蓝，我在这呢！等我转身，那些荷，在荷叶的簇拥下，又静默起来。

荷花花期颇长，前后大概有 3 个月，每朵荷花呢，说是只能开一周。同去的女友问，倘若折下一朵花苞，带回去养，能养多久？山泉迅速回答，今晚就会枯萎！他跟我一样，不希望她摘，盼着被她看上的荷，能躲过她的摧花手。

一朵荷，花期再短，也璀璨了一生；一个女人，何尝不是如此？

每年，我都能在“荷为贵”的池塘里找到新灵娃娃，这是让人高兴的事情。

为了修高铁，杨村被征地，“荷为贵”停业了。

又一个盛夏，我执意要先生陪我去“荷为贵”。

木长廊仿佛一夜间歪斜起来，走上去都让人胆战。荷塘里，野荷在努力挣扎，野草跟荷争着地盘。

老远，我就看到一朵荷，藏在荷塘深处。

我凝视着她，她回望着我，是新灵娃娃吗？她想到过有一天曾经热闹的“荷为贵”会人去楼空吗？她又可曾想到，有人惦记着她，就像惦记那些荷一样？

鲁院的花事

我和海燕是在 2016 年 3 月 14 日傍晚，自中国现代文学馆的南门闯进那场花事的。

我熟门熟路地自南门左拐，沿林荫小道往前。远远地看到两个男生，走近一看，是大庆诗人立光与上海诗人俊国。之前建立了班级微信群，知道他们的名字和模样。立光接过我的行李，俊国接过海燕的。踏上台阶的时候，我瞥见大门两侧的一排高大乔木，无叶，初开的白花，花香袭人。而我曾在鲁迅文学院短训半月，记忆里只有冰封的池塘、孤寂的塑像和光秃秃的树。

春天来了，玉兰终于亮明身份，掐准日子似的迎接我们这一拨学员。南方也有玉兰，常见的是广玉兰，常绿乔木。似荷的白花藏在肉肉的叶片里，饱满却含蓄，让人想起那些叫玉兰的女子。也有一种唤深山含笑的光叶白兰，花与叶共生，我最近才认得。

不得不承认，我的目光一开始就被鲁院的玉兰拽住了。

玉兰乍开时，白里带几丝浅紫，来自海南的同学开贤说，这应该是白玉兰，紫玉兰叫辛夷。多年前，我曾被文友写文喻作紫玉兰，后来在杨村一苗圃遇到，树及人高，满枝丫的红紫，花冠杯状，当时我心里还隐隐有些不爽：怎么被形容成这种花呢？

才两天，鲁院门口的玉兰就开大了，白得稀里哗啦，晶莹如雪。天空仿佛专为白玉兰当背景，蓝得没有一丝杂质。玉兰或若少妇，或似少女，在“北京蓝”的映衬下风姿绰约、落落大方。行道树里还有淡紫色的二乔玉兰，说是白玉兰与紫玉兰的爱情产物，在B座的一侧矜持绽放。

玉兰在院子里展开一轮花事时，梅园满树的花苞才蠢蠢欲动。

每天下午5点多，就有同学绕着飘香的院子散步，有时一群，有时几个。半月后，玉兰渐残，嫩叶初长，枝头偶有晚熟的花与新叶并肩。我每天拿着单反相机对着玉兰狂拍，好像要抓住什么。同学们忙着相互熟悉，同时沉浸在盛大的玉兰花事里无法抽离。

与此同时，梅，千姿百态的梅，粉墨登场了。

一日，我自南门外出，看到转弯处一地浅紫的泡桐花。抬头望去，我留心到铁栅栏里的紫玉兰，低调而灵动，跟我当年在苗圃见到的全然两样。迟开的紫玉兰，倒是稍稍抚平了我终将失去白玉兰的惆怅。

汉代刘歆所著的《西京杂记》卷一载：“初修上林苑，群臣远方各献名果异树……梅七：朱梅、紫叶梅、紫华梅、同心梅、丽枝梅、燕梅、猴梅。”证实汉初即有赏梅习俗。但湖南人不认得梅的大有人在，我曾在公园梅林几次听人惊呼：“哇，桃花开得这么早！”

曾几何时，梅于我，也只是文字里见过，画里赏过。踏雪寻梅，何尝不是南方人从字面引发的浮想联翩。

始遇蜡梅，是2016年元旦的惊鸿一瞥，而非日后与鲁院之梅的日日相见。金黄的腊梅，又名蜡梅。蜡梅科，如蜡般晶莹剔透，香若禅似道。明代王世懋在《花疏》里解释：“蜡梅是寒花，绝品，人以腊月开，故以腊。非也，为色正似黄蜡耳。”而蔷薇科的梅，唯有暗香，是另一种清奇。

鲁院的梅，是蔷薇科的梅。我没留意是哪一树梅率先开的花，只记住入校10天左右花就开了。同学们开始三五成群流连于梅园，友谊在暗香中滋生，被白玉兰或轻或重灼伤的疤，一时间都忘了去管。

每一株梅树上都挂着不同的身世，我记不得那些学名，满目粉红白，满目单瓣、重瓣与复瓣，是家乡梅林不可比拟的。

抵京近一个月才迎来了第一场敷衍了事的雨，地面都来不及打湿。

而鲁院、京城，每一朵花都盈盈地开着。

梅园的花事不到20天。自从梅花落尽，我就很少进梅园了。丰盈之后必然凋零，是每朵花、每个人逃脱不了的宿命。与梅花几近同时退场的还有紫玉兰和梨花。粉海棠强撑着不肯撤离；丁香在池塘对面密密地书写白与紫的故事，有风的午后，风生生将细碎的丁香赶进流水沟，草地上尽是声声叹息；池塘边花缸里的莲正努力睁开眼，立光与长征怕渴着它们，偷偷装了水来浇灌，我心想，院子里的花都养得这么好，园丁难道会单单冷落了它们?

春暮，海棠与丁香相继谢幕，唯剩小径旁的蓝鸢尾、梅园的蒲公英、沈从文塑像旁的芍药、冰心老人身边的红月季，以及边开边落的桐花。

桑葚被吃了好些天，我才想起跟同学去采摘。在茂密高大的桑葚树下，望着在树上摘果子的同学，我好似回到童年。不，童年的我压根儿没摘过桑葚呀。

有人将青梅带进教室，说是梅园的。我终于重新走入梅园，探望缀满枝头的青梅。有人开始倒计时，计算归期或者说离日。我笑他们矫情，自顾自关注着未竟的花事。

准确地说，我是5月27日发现第一朵睡莲的，白色的，怯怯的。

不知莲是何日入了池塘，也不知何时有了锦鲤。池里有了莲和鱼后，同学们开始三三两两地在池边闲坐或唱歌。六月，最耀眼的花事几乎全归属莲了。池塘除了我最爱的睡莲，还有碗莲。碗莲纤弱袅娜，远不如荷塘或荷田里的莲霸气，却自成清婉。

跨越春夏两季，花儿们你走我来，授课老师来来去去。我爱一个人坐在窗前，煮一壶黑茶，等着此起彼伏的花事上演。偶然也夜立池边，不顾乍起的凉风，与睡莲说上几句体己话。当然，一些点拨，一些教诲，一些友谊，都融进繁复的花事，镌刻我心。

结业典礼后，有些同学不辞而别，他们不敢面对别离。我多留了一天，天刚蒙蒙亮，便悄悄下楼。睡莲没醒，连锦鲤也没醒，只有碗莲醒着，朝开暮合的木槿不知何时醒的，我与它道了别。离愁就在那一刻喷薄而出，我继续与院子里文学前辈的塑像一一道别，与玉兰树上的青果道别，与已经挂白果的银杏树道别。它们不会说话，它们不会出卖我眼里的不舍。

4 个月的鲁院生活，在我看来，是繁华一梦，是接二连三的花事。在与植物的交流中，我感受到太多的不能言喻，远比我在与人的交往中来得轻松与自然。

新的花事将在鲁院重现，树是旧树，花非旧花，人非故人。季季花事皆为匠心打造的心灵花园，玉兰教会我们感恩，梅花要我们坚韧，莲让我们纤尘不染，丁香令我们相信真情……就连花树上的果实，也是鼓励。

自天南海北奔赴同一个梦想的我们，曾聚首那座花园，却终究散落天涯。可总有些种子，会破土发芽，开出最美的花，结出最好的果。

年年岁岁花相似

去洞口挪溪采风，细雨蒙蒙中与文友一道登雪峰山腹地高登山。艰苦跋涉后路过一片草甸，草甸上星星点点着紫云英，仿若传说中的草原。心驰神往了一年的坝上草原就是这样？边爬山，我边揣想着。石径小路直通山顶的普照寺，寺庙是明代石砌的。路的左侧为高山草甸，右边是低矮的杜鹃树。花苞都还没打，枝头有细弱嫩黄的枝芽。当地人说，须到农历五月，杜鹃才会燃烧整座山头。

盆栽的杜鹃寻常，红、紫为多，我喜欢的是暮春深山里的野生红杜鹃，俗称“映山红”。喜欢映山红又源于儿时看过的电影《闪闪的红星》，那首脍炙人口的歌至今广为传唱：“夜半三更哟，盼天明，寒冬腊月哟，盼春风，若要盼得哟，红军来，岭上开遍哟，映山红。”它表达了苏区人民对红军的热爱，寄托了他们冲破黎明前黑暗的决心——因为，映山红开的时候，春天就来了。

从高登山下来，对面的悬崖上挂着一簇映山红，触目惊心。往常去山里踏青，山路的转角处，对河的山崖上，不时会蹦出一簇簇红得深沉的杜鹃。小时吃过映山红，酸甜。山间也有淡紫的杜鹃，似山野少女，心无芥蒂、嘻嘻哈哈地凑在一处。这跟扬州万花园里的郁金香相反，郁金香长得跟天鹅似的，扬着颈不急不慌，悠闲自在，草地上的零星小花像“天鹅”的跟班，画面美妙绝伦。友人从杭州传来的郁金香照片，挤得满满的，显得拥挤与猴急。倘若只有一位华贵的妇人，单赏横看竖看都迷人；但倘有一干妇人，同样的装扮，挤在一坨朝你媚笑，你不觉得她们口和心不和，明里暗里较着劲吗？

我刚参加工作是在偏远的山区。湘西的山里，大都山美水绿。有个春日，三五成群去通往城里的公路边拍照。右边是山，左边是清幽的小河，河那边是依水连绵的群山。挨山的这边偶然凹进去一点，附近的山民就垦出一小块油菜地。菜花正黄，我们蹲到菜花地里拍照，一仰头，不远处的峭壁上长着一簇映山红。我随口讲，咦，那花真美！就真有男孩跳起来想去摘。我并不理会他的殷勤。他最终采到了映山红，脸上淌着汗，笑嘻嘻地递过花。同事在旁边起哄，我自顾自捧着花继续往前，一脸的无所谓。少年不经事，总以为更好的在后头，便始终没有学会珍惜眼前的花与人。

多年后的一个春天，在黄岩，我第一次看到成片的映山红。低矮的杜鹃丛里，到处是红扑扑的笑脸。文友三五成群地嬉戏在杜鹃丛，一会儿在这丛花里相约合个影，一会儿飞到那簇花前。我跟几个女友不敢轻举妄动，只远远地站在一旁，看这些外地女子穿梭在花丛里，心里惊羡也喜悦。我的电脑相册里，收藏着一张我手执映山红低头看相机的照片，面容安静，是一位娄底文友偷偷拍的。

次年，我特意提前去黄岩。山下公路旁人工栽培的红杜鹃开得正好，上山找当地人一打听，说黄岩的杜鹃起码还得半个多月才开。陪我去看花的朋友鼓动我，还是上山去看看吧，万一开了呢，哪怕有一朵也好啊。

整座山空荡荡的，头一年人头攒动的热闹仿若眼前。我忍不住往杜鹃山上跑。真的不见一点儿红。进到树丛中细寻，才发现一个花苞。朋友在那头高呼：快来，这里找到一朵开了的！在一株齐人高的杜鹃树上，果真挂着孤单的一朵花。

过20天，我陪你再来。朋友体贴地说。

我没再去黄岩，倒是在黔城深山小径旁偶遇几株矮矮的映山红。我惊异地发现，自己早已不舍得去摘它。映山红是属于山野的，有人或无人探访，它年年无怨地开放，去摘它，无异于掐断它沉寂了一年的等待啊！

年年岁岁花相似，岁岁年年人不同。高登山顶的杜鹃正摩拳擦掌着，黄岩的映山红又该到了热烈多情的季节。我总会哼起小时候就会唱的《映山红》，想起为人民打下江山洒下热血的将士，他们才是永不凋谢的映山红啊！

心如菩提

初识菩提，是在同学送的一本铃木大拙的《禅风禅骨》里。书中提及少林六祖慧能大师几句著名的偈语：菩提本无树，明镜亦非台。本来无一物，何处若尘埃。

初读，我正在花样年华，对偈语似懂非懂。我也没完整地读过《禅风禅骨》，却记住了“菩提”，珍藏着那本书。

遇人生的困惑时，第一个念头往往是，去读禅语，默想心中的菩提。心结在不知不觉中解开。只是，人生不断有新结，得不断地默读禅语。

真正见菩提，是在厦门植物园。进门即见一株大树，“心”形叶，粗壮的树干，亭亭如盖的树冠，午后的阳光从枝叶扶疏间轻渗过来。树旁挂着两个字：菩提。我像被电击一般，怔在那里。原来，这就是菩提！

终于站在菩提树下了。

默念过多少回的名字，没曾想这样相遇。

菩提是印度的国树，原产南亚，在《梵书》中称为“觉树”，被虔诚的佛教徒视为圣树。

“菩提”一词为古印度语（梵文）的音译，意为觉悟、智慧，用以指人忽如睡醒，豁然开悟，达到超凡脱俗的境界。相传2500多年前，“佛祖释迦牟尼原是古印度北部的迦毗罗卫国（今尼泊尔境内）的王子乔达摩·悉达多，他年轻时为摆脱生老病死轮回之苦，解救受苦受难的众生，毅然放弃继承王位和舒适的王族生活，出家修行，寻求人生的真谛。经过多年的修炼，有一次在菩提树下静坐了七天七夜，终于战胜了各种邪恶诱惑，在天将拂晓，启明星升起的时候，大彻大悟，终成佛陀”。

夜里在网上闲逛，翻到陈玉莲谈周润发的视频。她端庄的脸上写着安详静美。她说的是语速极快的粤语。凝视她清秀依旧的脸，我的泪扑扑往下落。多年前，她跟周润发有过一场生死恋，周为这段恋情自杀未遂，她在医院守至他出院，从此消失在他的视野。这么多年过去，两人竟没再见面。两人先后闪婚，离婚。周润发遇富家女陈荟莲，结为世人眼里的模范夫妻，而玉莲结束八年婚姻后，成了隐居带发修行的道姑……访谈节目里，玉莲笑意盈盈，仿佛说的是别人的事。一个曾被无数男人追慕的“小龙女”，没能逃脱红尘中的宿命，而她，似乎没有怨怼。

或许爱情真的只能停留在梦里。不刻意相见，原是可以终生不再相遇。

我一直想，陈玉莲的命运真如其名，纵是玉，纵是莲，纵出尘脱俗，却难逃孤独终老；而陈荟莲，跟她一字之差，无其美貌，非他最爱，却成了他最终的伴侣。

在翻手为云覆手为雨的命运面前，我们只有俯首听命。不知菩提树下静坐过几天的玉莲，何以变得如此云淡风轻。我真想再去菩提树下静坐一天，任流云在高天上游走，任岁月在指缝间流逝……

是否，这样就不用反复去读禅语了？

凤凰树上栖凤凰

抵达鼓浪屿时，正是高考头一天，海天白云，棕榈树，桄榔树和三角梅，全是生动的画面。在巷子的转角处，在老别墅的红墙里，总会不经意地探出一树树红花绿叶，格外炫目。

霎时，我想起年少时听过的一首歌："又到了凤凰花开蝉声绵绵的时候，又到了骊歌轻唱挥别说再见的时候……"我才明白，凤凰花跟骊歌原是相连的，花语即离别和思念。

穿着学士服戴着学士帽的毕业生三三两两地在厦大南门的凤凰树下惜别。

凤凰，我只在湘绣被面上见过；凤凰，亦是沈从文的故乡。凤凰卫视、凤凰传奇，都跟"凤凰"有关。而凤凰只是传说中的一种神鸟，人类拼凑它的样子，像拼凑龙的样子一般。叶如飞凰羽、花若丹凤冠的树，便得名"凤凰树"。

我从地上捡起一朵凤凰花把玩，一只凤凰在我掌心展翅欲飞。

落花总给人以残败的感觉，但凤凰花不会。

离开鼓浪屿前，我又去街巷里溜达。偶遇一株凤凰树，树冠半圆，树梢缀五瓣火红，叶是脆生生的绿。树下一地落红，鲜嫩着，像少女的脸，更像在告诉你：我是凤凰，即便死去，也要留下最娇艳的容颜。

从见到的第一株凤凰树，到背街小巷的凤凰树，无一株有这般枝繁、叶密、雍容、华贵。它就像专门在那候着我似的。骊歌在心头轻起，海潮声在伴奏。飞舞的“火凤凰”轻抚我的脸庞和肩头，又像告诉我，你再来，我每年在这等你。

我也想着，总有一天，我会重回这株凤凰树下，静赏凤凰花开。

厦门岛的大街小巷，陆地集美区，处处皆是凤凰树。在厦大门口，凤凰树甚至成了行道树。这些年我四处游走，见过用黄槐做行道树的，见过用国槐做行道树的，而童年记忆里的小城，行道树是法国梧桐……就是没见过用凤凰树做行道树的。

传说中的百鸟之王，雄的是“凤”，雌的唤“凰”，也就有了“凤求凰”一说。像说世上只有藤缠树哪有树缠藤一样。秦汉以后，龙渐成帝王象征，后与嫔妃被喻为凤，“凤凰”渐渐雄雌不分，被整体雌化。龙与凤成了中华民族两大图腾，崇龙崇凤成了民族情结。

起源于新石器时代的神鸟凤凰，性格高洁。《惠子相梁》里庄子曰：“非梧桐不止，非练实不食，非醴泉不饮。”凤凰非梧桐不栖，后引申为一种君子风范。

“凤凰涅槃”，说的是一个美丽而忧伤的故事：凤凰500年重生一次，每次大限将至，会集梧桐枝自焚，在烈火中获重生——生如死般圣洁，死如生般绚烂，恩怨情仇尽付熊熊烈火中，“浴火重生”，何等惨烈绝美！

在古代，凤凰是尊贵、崇高和贤德的象征，含美好且不同凡俗之意，想必湘西凤凰城的由来，也跟此有关吧。光以“凤凰”命名的山，全国有42座。沈从文的故乡凤凰是不辱没这个美名的，沱江水、吊脚楼……无须再加形容词修饰；凤凰树也是不辱没其名的，这种热带植物，马达加斯加的国树、国花，诸多城市的市树、市花，在每年骊歌轻响的时刻，倾力绽放，撩拨学子的离愁……它好似始终在轻诉，我们还会再见——不仅对学子说，也对赶上了花期的游子说，在海风里倾诉着的别绪，同样弥散开来。

凤凰，是今生无缘一见的神话；而凤凰树上栖凤凰花，是今生在鼓浪屿的初见。

我不怕在骊歌中轻行，不怕浴火重生。我只怕，只怕初见即是收梢。

那一池睡莲

我的许多文字里都提过睡莲。

我喜爱花草，但让我念念不忘的并不多。

大气的牡丹圆润富贵；有刺的玫瑰是儿时最爱；素雅的兰花是中年新宠……只有睡莲，那一池睡莲，弱弱地蹲在叶上望我，无邪的眼神直抵人心。我心头的某块坚冰，霎时融化。

那一池睡莲，在某个初夏，已经回不来的初夏，在江南，在无锡三国城，在离地面颇远的池沟沟里，毫不经意地，闯入我心。

那池睡莲真正的模样，其实我已想不起来。我心头常常隐约着浮现那幅遥远而不具象的画面。每到一处，只要看到睡莲，就会条件反射地想起三国城的初夏，我与睡莲的初见……

后来，我遇到贾鹏芳的《睡莲》，那是一支二胡曲，有着淡淡内敛的忧伤，瞬间击中了我，我又想起了无锡的那一池睡莲。于是，我写了《初见》。凌晨，我终让贾鹏芳的《睡莲》在博客里绽放，并深信，是那池睡莲捎来的问候。

人生总是孤独的，真正在意的人总在不经意间错失，只有睡莲能熨帖我的心灵。

后来，我在东南西北，一年四季都遇过它：阳春，在瘦西湖，遇一池睡莲叶；初夏，在家乡、鲁院、贵州乃至厦门与它相遇；盛夏，在新郑、北疆与它重逢；初秋，在云南遇它；寒冬，在珠海遇它……

苦夏里，见着娇羞如小女子的它，怎能转得开眼光。

“人心常常经不住世事熬煮”，我们在浮世里不停地痛定思痛，又不断地重蹈覆辙。目光无处可投，只有睡莲，只有《睡莲》，经得起苦夏，晨迎旭日绽放，暮随落日闭合。阳光和煦也好，毒辣也罢，它总在一池浅淡的水里，在几片圆叶间，不卑不亢地开着。

什么时候，能在清辉如水的夜里，蛙鸣，草动，在一处开着睡莲的池边，轻伫它的跟前？我相信，彼时《睡莲》定在耳边响起，清泪可以尽情流淌。那一池睡莲，始终如同我与它的初见。

藕荷·白莲

盛夏清晨，跟友约看沾着露珠的新建红莲，满眼的娇艳欲滴，满目的柔情缱绻，在我心里荡漾。回途，抵达有一池红莲的农家乐，友人吆喝：下去看荷。

时值上午 9 时，农家乐的荷不够野性和鲜嫩，荷叶上早已没有露珠。潦草看过，就打转。车子停在路边，友讲，到马路对面的荷田去看看？

我才晓得，对面的是藕荷。藕荷是长白莲花的。头年夏天我去新建，也不时去附近的农家乐吃饭。这些荷田，只见满田肥绿的叶，几乎不见一朵荷。

友在农村长大，比我精通农事。他说，这是藕荷。我还在傻傻地问，溆浦出藕的地方，那不是白莲很多？他点头称是：桥江那边多。

我生长在一个有着白莲的地方，却不知晓哪里有白莲。

藕是我爱吃的一种蔬菜。藕跟荷的关系我晓得，就不知红荷多为子莲，白荷多为藕莲。早些年儿子患病吃中药，得配鲜藕节，医生嘱咐，每天去菜市场找卖藕的老板讨。在溆浦菜市场里买藕，要买就得买一根，好坏搭配；怀化市场的藕则可选想要的一节买，藕节被弃，一寻便可寻蛮多。

我喜欢看胖娃娃的手臂，跟一截白藕一样，看着就想亲。

欢喜掰断一根藕，或者吃藕炖排骨的时候，咬一口藕，它们均呈现所谓的“藕断丝连”。藕断丝连着，痛的是谁的心？纠结的是谁的痛？要花多长时间方可“不断须断该断”？歌词是当年红极一时的香港电影《木棉袈裟》里的，我脑海里经常浮现的画面是：我跟几个高中同学从电影院出来，不知不觉地把“不断须断该断，不尽须尽该尽”的歌词和旋律牢牢记住了。

藕竟跟白莲共生，却是人到中年才弄清楚的小常识。

一垄藕田里，往往难找见白莲，多则也是两三朵，分头藏在宽宽的荷叶下，露出半张素净的脸，不卑也不亢；红莲则热闹地漫开在荷塘或荷田里，此起彼伏，像游动着的荷尔蒙。

我总是用膜拜的心情远眺白莲，有时也揣想莲的心事。

白莲，这名字我喊了数十年。她是我的发小，又是我从小到大的同学。她的本名有个蓉字。

白莲，我们不常联络，但每年大致可见一面。因着这样的惯性，彼此少有牵肠挂肚。只是，白莲，我常去你的城市，却不怎么告诉你。每次踏进长沙，我会对自己讲，这是白莲的城市。

在杨村的公路旁看到的白莲，就像记忆里鲜活了多年的你。

白莲，从童年到中年，一路走来，你我距离不远不近，感情不咸不淡。恒温，长久。

我实在喜欢天长地久的感觉，害怕独自面对一场盛筵后的残席。

谁都晓得天下的筵席没有不散的，就像早两天看过的荷，也不知能开多久。花期周而复始，有些东西错失了就再也寻不回。只是白莲，这么多年了，朋友来了去，去了来，唯有你，一直不曾改变。

相信你和我一样，没忘记一中东侧那片早已找不到踪影的小树林，更不忘给严老师上坟的约定。我还收藏着你的几封信，你的字又大又肥，但我就爱看你纯蓝墨水写的钢笔字，爱看你自小清新温暖的文字。如果你跟我一样坚持了写作，你的悟性可能比我更好。

你送的那些生日礼物，全是书：中学送的《两情长相忆》，大学送的《飘》。早些年，又是书，三本，自长沙带回来的安意如的《人生若只如初见》《当时只道是寻常》，还有台湾作家萧丽红的《千江有水千江月》。无论到了多大年纪，你还是喜欢小清新的文字。

在杨村看荷，就想到了你。

“白莲道姑”“潇湘居士”，是读初二时，我们模仿古代文人自取的别号。多年来，你写信一直称我潇，我始终称呼你白莲。

见荷的刹那，我有了写它的冲动，连带怀念远方的你。

盛夏了，白莲，八月出生的你，确实就是一朵莲啊。

我开始想念你，想念席慕蓉“无缘的你啊，不是来得太早，就是太迟”，想念“无忧也不惧”的夏荷，以及一些过往的人事。

白莲，杨村的那朵荷，不及红莲娇俏，却一直就是你日常的模样：端庄大气，气定神闲，洁白如玉。

我曾愿是荷塘深处寂寂的一枝荷，不让人望见我的清泪。可是，我好想就生在另一垄藕田，与你遥遥相望。穿的，是一袭白衣；执的，也是一颗莲心。

坝上夏花

去坝上，吸引我的不只是草原风情，我最想去看草原的夏花。

有朋友说去草原，要去内蒙古大草原，可一弱女子独自奔赴遥远的内蒙古，总是怯怯的，便退而求其次，选择大草原的外围——木兰围场。不在乎草原是否天苍野茫，只在乎能否惬意地躺在草原上，无人惊扰地睡上半天。顶着蓝天白云，与绿草繁花融为一体，那该是多么美好的画面。

跟着导游赶时间，愿望没法实现，坝上又成了到此一游。

月亮湖的百花坡，薄雾未尽的清晨，我坐在露珠沾湿的草地上，嗅着青草味和花香味。

草很深，各种唤不出名的花杆很长。天不够蓝，太阳懒洋洋的，野花星星点点，仿佛进入世外桃源。随便凑近一朵花，都有清香。彩蝶在一朵不知名的紫花上嬉戏，才不管我在旁边用相机捕捉。刹那间，我记起在黄溪拍下的蝶与花的缠绵。哪里有花，蝴蝶翩然至哪，那是本性，不然怎么会叫花蝴蝶呢？停留一朵花的那一刻，它当是真心地爱着那朵花吧？

想起了做过的许多梦，忽然弄懂了“生如夏花”的意思。

我从不后悔去坝上。虽未骑马，没实现独自徜徉草原的梦想，但总算跟草原夏花亲密接触，见证了它的绚烂时刻。花如女人，又有别于女人，我一日日老去，它一季季辉煌。

金莲花

金莲花据说可以入药。金莲花这个名字，是在驻扎地的小超市得知。我的目光停留在一种金黄色的干花上，店主告知，那是草原特有的金莲花，可入药，也可泡茶喝，清热解毒，俗称“塞外龙井”。我特意买了，带回家每日泡喝。花绽放在透明杯里，温柔地提醒我，别忘了坝上。

去百花坡没见到成片的金莲花。或者有一朵藏在哪里，被我错过了，或者我坐在车上时，掠过的某一片草甸上是有的，只是肉眼望不见。后来读史，我熟悉了金莲川草原和金莲川幕府。不时也揣想：闪电河畔的那片草原，这种金色的小花摇曳在风中，迎来送往过多少英雄豪杰？

金莲花外形赏心悦目，具极高的药用及美容价值，如内外兼修的女子，外表上令人心动，长久相处，仍有无形的气场。

玻璃杯里的金莲花，兢兢业业到最后一息，还以绝美示人，这极容易戳到我的泪点。世上如金莲花般的奇女子只恐不多了。

野罂粟

在蝴蝶泉见过罂粟花，格外艳丽。

世人形容有蛇蝎心肠、绝艳外表的女子为罂粟花，只因它制成的鸦片让人上瘾、欲罢不能。在入住的山庄，院子栽着一排排鲜花，导游见我在拍照，指着一朵鲜红的花偷偷问我，猜猜，这是啥花？我茫然不知。他神秘地说，是野罂粟。

野罂粟开在清晨和傍晚，均与我相遇。花期一般只有一周左右。花极具药用价值，入蒙药，治偏头痛。

去月亮湖，沿途不少红花迎来送往，在风中飘扬，导游指着窗外：那也是野罂粟！他说的时候并不知道我已认得它。我很想下车，但没开口，心想，或许在百花坡能遇见。

在百花坡却没寻着。

回途中，又与它擦肩而过。

纵是心悸，也只能遥望。或者，这样的花，只遥望也罢！

向日葵

夏日北方，处处是一垄垄的向日葵，或见它们三三两两围在一畦畦菜地旁边。向日葵生得艳丽、大气和朝气，跟豪爽的北方女子一样。

刚到坝上，被告知院子后小山坡有向日葵，我放下行李就向它们奔去。果然，斜坡上、夕阳下、微风里，老远老远，大朵大朵的向日葵好像晓得我要去，有点羞羞答答。

向日葵是俄罗斯的国花。俄罗斯人民热爱它，或许因为它向往光明，给人带来美好希望。而北宋司马光有诗云："更无柳絮因风起，唯有葵花向日倾。"诗中以葵花自喻，托物言志，用委婉含蓄的笔法向当朝皇帝表示忠诚之心。

它全身是宝，种子即葵花籽。

这样的花何尝不像坚强美丽的妇人，总是朝着太阳，面露微笑。

在北方的平原或草坡上，乍现向日葵，总能涌起积极入世的愿望。

飞燕草

在南方，我没见过它。我挑中的花环，点缀着不少状若飞燕的蓝花。

后来方知叫飞燕草，又名鸽子花，可入药，有剧毒，不可误食。

南欧流传着关于它的民间传说，说有一族人受迫害逃难，纷纷遇害，魂魄化作飞燕，飞回故乡，伏藏在草丛枝条上。又化作蓝色小花，年年在故土绽放，要世人不忘正义与自由。

我将花环戴到头上，也采了几朵回来。它和我拥有共同的蓝，看到它，我像看到了自由女神。

但飞燕草，竟被警告说有剧毒，不禁让我黯然。仿若一个美丽的梦被瞬间捣碎，不得不面对千疮百孔的真相。

它有毒，我相信绝非它的本意。它不是渴望正义与和平吗？人世间有多少飞燕草一般的女子，仅能如野罂粟一样远观？

干支梅

在一家超市前，导游要我去拍门口一束浅粉色花。他说，这叫干支梅，放几年不褪色、不老去。

状若干花，无叶，我没有丝毫悸动。

在月亮湖，不少牧民在卖干支梅。买的人多，我也不为所动。很多人爱其耐寒耐旱，喜其淡雅不败，我却宁肯喜欢无拘无束的野花，热烈地开，再孤单地败。

一个女人，若这般隐忍过一辈子，哪怕永不凋谢，又如何？红花当要绿叶配，若有花无叶，如何见识她的妩媚？绝大多数的花，始于灿烂，终于残败，但过程也是一次涅槃呀！

做名贵的花，不易；做一束干支梅，不愿。我宁做路旁野花，无人注意，自生自灭，也不愿被摆在家里，用水养着，经年不败。总不残，不娇艳，不妩媚，对方就不晓得珍惜。你自被带回家那日起，就可能被冷落。再隐忍，再不老，有何意义？

那时花开

农历八月，桂花早该开了。在微雨夜里，你蓦然想闻闻它的香味。

除了林荫道、老房子、草坪，除了没有月亮和星星的夜晚，除了潮湿的空气，什么也没有。

但你明明听到了花开的声音。

夜色并不惆怅。

臆想中的地久天长，一直是你内心不肯泯灭的理想。

星星在云层后面眨着眼睛，不让你看到它调皮的样子。

寒意拌在雨丝里，也偶然轻拂你的脸庞。

花，明明开了。

一切的欢喜里总是掺杂着忧伤的泪水。

而忧伤，只是来自敏感而多愁的人儿，对一朵花开的期待与恐慌。

花败，是谁也不愿意看到，却总在某一天不得不面对的结局。

残局尚未上演，你仿若总能看见。你总是心慌意乱，总是心不甘情不愿，总是到最后黯然退场。

这一次你已经顾不上结局，这一次你只期待着花开。院里那两株不曾飘香的桂花树再也不使你忧郁。你相信，不经意的角落，总能遇到你想要的花开。

你心里的花，开在唯有你看得到的地方。

那里有微风，有细雨，有草坪里不期而遇的喁喁细语的情侣，有夜色里闪烁着快乐光芒的那双眼睛。

没有开花的树

一

有人约去踏春。

山坡上，老妪正坐在地上，守着一堆黑乎乎的东西，用小刀一颗颗用力剜。问，您是在剥什么？她抬头，笑着说，油桐籽啊。

原来，桐油就是这么来的。

我是知道桐油的。幼时，肚子痛或受凉，奶奶会弄点桐油出来，点燃蜡烛，把沾了油的拇指往火上热一下，立即用来烫我的肚脐眼。前不久，小侄女受寒，妈妈拿出桐油，姐姐给侄女烫肚脐眼。我一下子想起了奶奶。

广本小心开过黄溪窄窄的山道，路旁簇簇白花，如风一般自车窗掠过，我来不及看清楚它们的模样，只记得五瓣花，似有红色脉络。龙哥说，那是油桐花。

又一春，又于雪峰山，又遇白里透红的五瓣花，这回微距拍到了，嗯，是油桐花！但随即经过桐油刚漆过的木屋，我并没把油桐花与桐油扯上关系。

坡上，一棵光秃秃的树上挂着残叶。

老人说，那就是油桐树。油桐头年五月结籽，十月成熟。天气一直不好，这时才把剩下的籽剥了壳拿去榨油。

哦，桐油就是这么来的。

是啊，桐油价格不错，卖到十八元一斤。

朋友本是来寻桃花的，惦记着桃花，就岔开了话题，问，这里的桃林呢？

老人遥指对面小山坡：在那边！

对面确实沉默着好多矮矮的光身子树。

我笑，去年这时候，桃李都开花了啊。

老人说，今年闰四月，天又不放晴，花开不出来。

朋友坐在一堆圆木上，有一句没一句地跟老人搭话。我独自绕过竹林，下山，过桥，转回来处。

二

村子地处一道宽阔的峡谷，青山环抱着良田、木屋、小桥与流水。

桥，听说就叫郑板桥。看来是有文化的人给取的。只是把一代文豪、书画家成日踩在脚下，取名时可曾想得这么远？桥边立着一株挂满白苞枝条的柳树，又让人想起爱折柳惜别的古人。有读书人在这里折过柳，话过别不？我问郑板桥，它笑而不语。

柳树身后，是一栋新砖房。屋前，栽着些唤不出名字的常绿乔木。绿，仍沾满去冬的暗沉。前方路口一颗老梨树，突兀地站在那，像高大帅气的迎宾先生，只是满枝丫的寂寞，完全掩饰不住。

没有阳光拂过来，空气里弥漫着阴郁的味道。

不知过了多久，朋友在那头挥手呼喊，过来找个农家乐吃饭！我有气无力地回喊：不饿，回去吧，没什么好玩的。朋友生怕我不相信他的眼光：去年一帮朋友来过，花红柳绿的，蛮诗意。他把一切推脱给不给力的天气。

我确实能想象出桃林半月之后的盛景。可是，没遇上就是没缘分。

花开，花落。相机能帮人留住刹那的惊喜和当时的容颜。偶尔，我也在想象中模拟一切可能。

回途中，望见零星的油菜花。

陪我踏春的人，是个搭伙看风景的同伴。即便有落寞和惆怅，我也不能表现得太过明显。

这个春天，羞羞答答，始终不肯明媚地摆出最华美的长卷，逼迫着我不停地追忆，不停地念想，期待在绵绵细雨间，花，倏忽开了。

落花

一

春暮，在银湾小区赏紫藤和樱花后，绕过一道幽径，榆树递来阵阵清幽。踏至右侧一树不知名的花前，树下写着一地寂寞。我慌忙向斜对面的红山茶走去。尚没走近，陡然听到“扑通”一声，不知什么落了地。

走近细看，是一朵才落下的红山茶，面如满月，微笑还挂在嘴角。绕在花树下的山茶已不止一朵了，朵朵完整无缺。

印象中的落花从来不是这样啊。

鲁班雅苑前的长廊结满了紫藤，而我浑然不知。

香洲桥维修已久，我久未再去。加之，舍近求远，于我从来不是第一次。

次日。午后，晴空，日丽，再次经过香洲桥，想起他们所说的紫藤。忙回望，左后侧的长廊确有一廊紫藤，隐隐感觉没有银湾小区里的娇嫩。

原来，有些花更宜在细雨中细品。头天正是那样的氛围：空气里弥漫着花香草香，连山茶凋谢都与众不同，优雅决绝。

二

立夏的第二日，我在小区对面遇一卖花老头，买回他号称的“蝴蝶兰”与月季各一盆。

夜里读书累了，去北窗赏花。上午开得好好的“蝴蝶兰”不见了。再看月季，没开的花苞蠢蠢欲动着。次日晨再去窗前。我使劲揉眼睛，“蓝蝴蝶”立在纤巧如剑的绿叶间，面带盈盈笑意。它们飞回来了？

午后的“蓝蝴蝶”打哈欠的打哈欠，伸懒腰的伸懒腰，还没挨到傍晚，再一次人间蒸发，枝头只剩一个个“花苞”。几天过后，我终于观察清楚了：“蓝蝴蝶”朝开夜闭，一日即一生。次日开的，绝对是崭新的一朵。开过的，当天下午就缩回花萼，了却一生。不仔细看，还误以为没开花。

“蝴蝶兰”学名紫露草，养了很久之后，我百度到了。

月季买回时只开了一朵，这会儿满满一盆。卖花老头说过，这花买回去值，打了这么多的花苞。

第一朵月季彻底蔫了，立在枝上不肯低头，像跟谁堵着气似的。

起先盛开的，已从深红转成粉红，面露凄容；后开的，艳得恣意，背对着屋内。新旧对比，心下微凉。何不把花盆转个角度？这一转，落下无数粉色花瓣，杨钰莹那首轻柔的《落花》就跃上心头：“那一天风吹过，吹来花落的消息……”

哪个季节没有花开，哪个季节又没有花落？

谢莉斯、王洁实在《难诉相思》里唱着“春暮凄凄似残秋”，《京华烟云》里感叹“最繁华时总是最悲凉”……我们都不过是重复别人的故事，重复别人的认知。春花最烂漫，花落时最悲凉。料峭寒风中绽放的迎春花，山间田野的桃红李白，多情空灵的樱花，坝上不知名的夏花，傲霜的秋菊，耐寒的蜡梅……都会红消香断。

三

夜里看一场选美比赛。青春美少女，点亮的不仅是男人的眼睛。丈夫的同事在前面拍照片，就有女孩在身后拉他，着急道，你别拦着我看美女。美的东西谁不喜欢呢。但仔细想来，这个年纪爱看美人，不就是在追忆自己也曾光鲜亮丽的青春吗?

纤纤小蛮腰、青涩可人的面容……那些年轻的元素揉成了青春的歌谣。

青春终将如落花陨灭。怎样与尘世诀别，也是各自的心愿：红山茶圣女般与世间诀别，紫露草默蜷回花萼，月季般不舍于枝头，樱花般落一场场樱花雪……

每一朵花与尘世道别，便是诀别。再开也是轮回，是前世与今生的关系。花一季一轮回，而人，有无轮回，还真不知道。

不期而遇

一

在无锡三国城的小桥流水旁，我与睡莲初遇。

我够不着，闻不到花香，便远远凝视她，像凝视莫奈的画。她貌似羸弱，楚楚动人。我明显感觉到她传递过来的电波。

多少年过去，池塘里的她，早不是当年的她；我，也非当年的我。

我从未遗忘过她。

在昆明翠湖，柳叶湖，富厚堂荷塘，芙蓉池，甚至杨村的“荷为贵”，我都遇过她。她，绝非当年的她，又是当年的她。

二

小时候见过的栀子花是大朵大朵的，花香馥郁。卖栀子花的大娘走街串巷，满街栀香。我妈每天买上几朵回家，盛半杯清水泡着，花的颜色看着泛黄，香却长久。

初夏的美好记忆貌似都跟栀子花有关。

早前，我去乡下玩，萧条破败的庭院里有一株开得正好的大叶栀子，大约两米多高。我替那株栀子发愁，想携花逃往小城，洁净的地方才配得上它，便忍不住摘了好几朵带回办公室，养在玻璃瓶里，找回了不少小城记忆。

在怀化街头，极少遇大叶栀子，郊区的农家肯定是有的，只是我们没有寻到罢了。城市的花坛，栽的多为小叶栀子，花藏在灌木丛里，若非用微距拍，只见星星点点的白。但镜头下的栀子，洁白清雅，跟微距拍的紫露草、茉莉花一样迷人。

在我看来，不管是大叶栀子还是小叶栀子，都有着沁人心脾的香，都是初夏纯美的遇见。

三

去厦门，夜进鼓浪屿，未能注意到林荫道的景致。次日去日光岩，才发现凤凰花，红配绿，格外醒目。日光岩上的凤凰树长在你触不到的地方，只能仰视。离开鼓浪屿的那日，我在小巷恣意穿行，遇见一株冠状凤凰树。树冠上栖满凤凰花，树下一地落红。花似传说中的凤凰，枝头上的，落在地上的，飘在空中的，都神采奕奕，无忧无惧。

我竟忘记捡一朵凤凰花，是潜意识里拒绝看到残败?

很多花俏在枝头时神采飞扬，一落地便黯然神伤，只有凤凰花不是，至少我见到的凤凰花不是。

后来父亲抵达鼓浪屿，又逢凤凰花开时节。我嘱咐他，留心这种叫凤凰的花，在湖南是观赏不到的。

我知道，他所见到的凤凰花，花绝非当年的花，树还是当年的树。

四

少时以为，今生只爱玫瑰，长大更爱荷，爱睡莲，爱栀子，爱凤凰花，还有很多唤不出名字的花。

当然，你若硬要我说个最爱出来，我得好好想想。

有许多许多的喜欢。黄岩的映山红、蓝鸢尾，坝上不知名的野花，从未亲眼见过的雪莲。

每一次不期而遇的刹那，都是真心的欢喜。

希冀着花开，又恐惧着花残。

我真的只需一朵花，许是睡莲，许是其他，生生世世开在我心里。

第二辑　闲倾荷露试烹茶

从茶荡漾开去

我对茶比较深入的了解，是从我刚出版的一本茶书开始。

在写作的过程中，我感觉自己就是一个茶人，从远古时代走来，从澧阳平原走来，不，从更远更远的云贵高原走来……我望见了历史长河里波光潋滟的过往，望见了在水一方的我，抚琴的我，沏茶的我。

我还想起《爱有来生》的电影场景，小玉是女主角阿九的转世投胎，正巧租到那座有银杏的庭院。一天晚上，小玉本是沏茶等她的闺蜜，等来的，却是在银杏树里等了阿九 50 年的阿明。阿明认出了小玉，也看到了小玉现在的幸福。而他只能在轮回道上等 50 年，期限到了，他决定将那桩因家仇而了断的前尘往事告诉小玉，知道阿九转世后幸福，他就不再等下去了，他等她的目的，原也是给她幸福……小玉起初并不知阿九是自己的前生，听了阿明的故事，有些恍惚，道："茶凉了，我再去给你续上吧？"她去房里续水，霎时醍醐灌顶，蓦然望见了自己的前世，想起了阿九死在阿明怀里时说的那段话："来世，你若不再认得我，我就说，你的茶凉了，我再去给你续上，你便知，那人便是我。"她追出去，阿明早已随风而逝。

“幽幽春夜，千年银杏，一壶温茶，一盏油灯，一对隔世离空的恋人。”这是我在散文《莫待来世》里对电影《爱有来生》的总结。那壶茶，是足以让人黯然神伤的电影道具，我其实更想知道，小玉给阿明沏的是什么茶？绿茶，红茶，抑或花茶？

说起花茶，我的眼前出现了北京顺义欧菲堡酒庄的海嫫姐。海嫫是我鲁院高研班的同学，山东人，北人南相，娇小玲珑。现居贵阳，家人跟朋友合开了茶楼，由此她成了一个懂茶的女人。我不知她是与生俱来的雅致，还是学会沏茶以后变得更为优雅。那次，她拿出随身携带的茶具，为我们泡起正气堂。正气堂是普洱的一种，装在小巧的莲花白瓷茶罐里，格外有感觉。她还变戏法似的取出一朵大大的、风干却未褪色的红玫瑰，放进盖碗里，正气堂被压在花的下面。她开始娴熟地泡茶，玫瑰被开水击中了似的，缓缓醒来，娇嫩慵懒，像原来开在枝丫间的样子。她把案前的八只小杯沏上刚泡出的茶，我一闻就醉了。彼时的海嫫着无袖红花旗袍，端庄而典雅，盖碗里的红玫瑰很像她。旁边的男同学望着她优雅的泡茶姿势，连连笑说，心乱了，心乱了。

海嫫不是第一次泡花茶给我们。她的花茶跟我们平常泡的花茶不一样，不只是在普洱里放朵杭白菊，黑茶里丢两朵野玫瑰。她的昔归茶花任意搭配红茶、绿茶、生普，搭配任何一款，都是不一样的感觉与味道。她还有一种莲花也可以与茶派上对，经特殊工艺做成的莲花，像仙子一样被茶水冲开，栩栩如生。那一刻，喝茶，哪里只是喝茶呀！

花茶并不属六大茶类，属于再加工茶。除却常见的茉莉花茶，安化的茶叶专家还研制出一种女人御用的“黑玫瑰”，黑茶配玫瑰。到北京后，听当地同学说，老北京素来习惯喝茉莉花茶，喝的茶没有南方人讲究，更没海嫫讲究。

南方人穷讲究，讲究吃穿，也讲究喝茶。我见识过成都大街小巷的茶馆，是寻常老百姓的好去处，泡在茶馆，人手一杯盖碗茶，最便宜的五块一杯，也喝得津津有味。那次我在贵州赤水边的古镇，也看到这样的茶馆，四人围坐一小方桌，人手一杯大盖碗茶，我笑问，多少钱一杯？他们告知是五块。果然是五块呢！又问，喝的什么茶？有人羞涩地答，就是本地的清茶呗。那时，我已知清茶是什么茶了，就是普通的绿茶。很难有清茶即青茶的。

最珍贵的绿茶当数明前茶。芽头的金贵，采摘的难度，使得物以稀为贵。一般人倒爱喝谷雨茶，谷雨期间的茶叶不那么娇贵，价格也不那么昂贵，耐泡且有回甘，可以走入寻常百姓家。

我也爱喝红茶，尤其爱喝滇红与闽红系列正山小种里衍生出的极品——金骏眉，但网上说，一般人买不到正宗金骏眉。书法家师兄送过我一提武夷山桐木关的纯正金骏眉，跟单丛一样，都成了我的宠儿。

滇红里的大雪山野生古树红茶口感极佳，喝起来回味悠长，可惜不耐泡，而金骏眉刚入口时是复合型香味，比滇红耐泡。红茶，总是讨喜，不管会否喝茶的人，喝到红茶，都能一下子感觉好喝；而凤凰单丛，是需要慢慢感受的，不常喝茶的，一时半会儿真是品不出单丛的好。这跟品人是一个道理，有人会让你一见如故，有人则需慢慢深交。

会喝茶的人，每次品茶，都感觉品尝着不同的人生。至于禅茶一味，那又是另外一种境界了。

有些人不习惯一个人品茗，我却喜欢。无课时，我总是一个人端坐窗前，用玻璃盖碗冲泡不同的茶，把心情冲泡进茶里，混合着细品。当然，有时也用玻璃茶壶煮黑茶或白茶，好几次，有感冒征兆，都被我及时用“一年茶、三年药、七年宝”的老白茶挡回去了。

北京的春夏蓝天白云阳光居多，独自一人喝茶时，也可以看看窗外风景。鲁院的花事，从三月迎接我们的白玉兰、辛夷，到正对着我窗口的梅林里千姿百态的梅花，到伫立池塘一角的芍药，到池塘对面的紫丁香、白丁香，到南门人行道上的紫桐花，再至眼前开得正好的睡莲，你方唱罢它登场，从未间断。这些花儿轮流陪着我喝了一道又一道的茶，让我在茶里，从容地找家乡的味道、云南的味道、福建的味道，还有江浙的味道……令我在茶里就能纵横天下，踏遍南北西东。

写完一本茶书，见识了无数好茶，懂了禅茶一味，懂了如茶人生，也懂了进退自如。实质上，我对茶，还是似懂非懂，依旧属于半罐子水晃来荡去。我经常现学现卖，好在尚能藏拙。小二说，我们班上，最懂茶的算海嫫姐，其次是他，再次是曹寇，第四算我，我心悦诚服。

每每出门旅行，我习惯带着那套小茶具。一歇下来，要是集体出行的，我都约上三五好友来房间喝茶，让茶，随时随地都能荡漾开去。比我更不懂茶的文友觉着稀奇，我那远不如海嫫的泡茶姿势，竟也成了他们眼里的风景。苏东坡有诗云：“从来佳茗似佳人。”那么，泡佳茗的女人，总能成为旁人眼里的佳人，便不足为奇了。

点上一壶月光白

“明月四时有，何事喜中秋？”这是南宋宰相京镗在《水调歌头》里替大家追问的。古代帝王的礼制为“春祭日，秋祭月”。据说，最初祭月择在秋分，但秋分这天不一定有月，后逐渐固定在农历八月十五。南宋词人张抡在《醉落魄·一斛珠》里给出了最好的答案：“光辉皎洁。古今但赏中秋月。寻思岂是月华别。都为人间，天上气清彻。”

由祭月，到赏月，中秋节慢慢发展成了中国人的传统佳节。今时月，其实仍是秦时的月，魏晋的月，唐宋的月，明清的月。爱酒的李太白，当年一人独斟，“举杯邀明月”，醉眼蒙眬中，“对影成三人”。他曾道：“今人不见古时月，今月曾经照古人。”彼时，他是今人；我读此诗时，他早已是古人。时光在历史的长河里翻云覆雨，携着一朵又一朵的浪花决然而去，却怎么也拽不走月。月，照过古人的今月，始终保持着清淡或华美的姿态。

李太白恣意举起的是酒杯，而世间太多不善酒的人，中秋月圆时，举起的恐多为清茶了。

我始终以为，茶与明月，比酒与明月更相宜。茶是清心的茶，月是清心的月，酒却是烧心的酒。写满故事的圆月，从不曾老去，它在深蓝的天空里，每一个华丽的亮相都是清雅的。品茗、赏月、吟诵，袅袅的茶香与诗香，必然飞越38万公里，飘进嫦娥与吴刚的心里。有人在月里捕获了喜悦，有人在月里读到了惆怅；有人在月里望见了思念的人，有人忽然间明白“万里清光不可思”。

不知从哪天起，我开始对一些茶俯首称臣，爱上了一些不曾谋面的茶，比如“月光白”。他们说，“月光白”其实是一款添加了特殊工艺的普洱，兼乌龙之清香与普洱之醇厚。面黑背白，如月光照于茶芽，叶芽宛若显毫之弯月。汤色黄了红，红了黄，越泡越澄澈。这番描述给了人无限的想象空间。落地有声的“月光白”三个字，极富质感，仿若皎洁的月光正拂过我，浸润我的内心。

月，始终盈了亏，缺了盈；始终自新月到满月，再至残月。在周而复始的折腾中，它不曾怨、不曾倦，用纤细却坚定的光芒硬生生拽住了尘世间一些原本脆弱的灵魂。

倘若在中秋夜，倘若没人会赋诗，我们可以泡上一壶“月光白”，请来李白杜甫辛弃疾，请来清风明月桂花香，笑吟：“若得长圆如此夜，人情未必看承别。”

早年，家里最好的茶恐是长沙茉莉花茶了，多是用来待客的，茶叶罐里备有普通绿茶。母亲爱种茉莉花，她每天摘下十几朵，搁在窗台上，等花干了，就陆续收进茶叶罐里。逢中秋，兄姊再忙，也都回家聚餐。等天黑圆月出场，祖母会摆上水果、月饼，给每人泡上一杯茉莉花茶。有时家里干脆打开大门，把月光请进来，听我们闲话家常。

10年前，我们收到来自云南的第一饼熟普。我手捧普洱翻来覆去地赏玩，心想，这茶饼真像溆浦的麻子月饼。大大爷（爷，溆浦方言读ya，大爷指母亲的哥，依此类推，二哥叫二大爷）、表哥当年同在副食品加工厂工作，后来工厂没了，做月饼的技术活成了他们家传的手艺。吃过一阵子广式月饼的溆浦人，开始怀念麻子月饼，大大爷家的月饼顺势打出了名气。每年全家老少齐上阵，忙上整整一个月，中秋那天一个月饼都没得剩。有一次，我八月十五当天去买月饼，大大娘告诉我，四儿，你来晚了，每年只做到八月十四呢！

家人迁居怀化后，年年不忘托人去他家买麻子月饼。大大爷早些年去世了，表哥表姐继续做月饼，味道跟当年没什么两样。

大哥上周末回溆浦，姐姐电话给我，要带麻子月饼不？我说肯定啊，还要他家的喜莎。喜莎也是溆浦的传统中秋点心，猪油做的，松软好吃。

不知不觉中，我成了嗜茶人，有空没空，雷打不动地要喝茶。我欢喜变着花样喝茶。在茶里，我品味到了从容与清欢，更寻到了禅意与释然。我终于学会与尘世握手言和……忙时，煮上一壶黑茶或熟普；闲时，我会拿出盖碗，泡红茶，泡生普，泡铁观音，卖弄不熟练、不地道的茶艺；感冒了，我马上煮上一壶老白茶……

这些年的中秋，家人仍会聚在楼上姐家。父母随姐住，祖母十几年前去世了。饭后，姐会摆上麻子月饼和喜莎，父亲会给每人泡上茶，母亲年岁大了，窗台上没再种茉莉，上好的茶不再有茉莉的清香。年幼的侄女嘟嘟在客厅里调皮地乱窜，像我家跑儿当年。

姐姐家在五楼，我家在三楼，南北朝向的房子很难望到窗外明月。数年间，我试过邀老公去外头赏月，他不喜欢。我一个人也会下楼寻月，还去香洲广场望月。彼时，星稀月朗，月华如水，广场上笑语喧哗，共此时的天涯有心心相通的气息在月光中流转。我的心里瞬间掠过一些故人，会按捺不住拨几个电话号码，寒暄，那边月好吗？

而后，我把明月揣在怀里，装回了家。我摆出大盖碗，拿出铁观音或凤凰单丛，喊着老公，来，咱俩喝茶吃月饼吧！

早几年，我们买了城东一小区的顶层十七楼，我看中的是可以在自家顶楼上围上一部分露台，中秋品茗赏月尽享清欢便不再是梦想。跑儿还在大四，装修还是很遥远的事。下半年，他在家学英语准备考研，也是时隔三年以后，一家人能再聚中秋夜。我寻思着，那夜，陪完老父老母后，一家三口干脆驱车去寻一处有露台的茶楼，在徐徐晚风中，邀来“银盘”与白露，请来吴刚与嫦娥，点上一壶梦想了多少回的“月光白”。

一筒胎菊

夜里，早早把最后一点胎菊放进煮茶的玻璃壶。

胎菊是从杭州买来的，“田野菊海”，杭州桐乡出。自己只留下这一盒。喝了整整两年，刚好赶在保质期内。

去杭州与周庄采风，被导游带到一购物点品茶，很多毛院同学买了杭白菊，我心想，杭白菊超市药店到处有，要买就买胎菊。

那些胎菊，最初一盒是送给同学聂。毕业典礼后，聂来跟602的同学一一告别，最后走到我的小房间。当时我正在清东西，感动于他来辞行，却不晓得怎样表达，便取了一筒胎菊递给他，说，带回去给嫂子喝吧。聂是常德市一名教师，诗人，腿有微疾，平素拄着拐杖，但性格活跃，跟大家经常互动，最喜欢抢话筒跟我对唱《女儿情》。

每次泡胎菊，我都用玻璃保温杯，可以傻傻地欣赏，也从不加糖。据说胎菊是杭白菊里的上品，在未全张开时收摘下来。而“胎菊”的叫法源于2004年左右桐乡一个生产厂家的创意。个头小小的胎菊，一派清丽无邪，有一种欲说还休的韵味，泡在金黄的茶水里显得晶莹剔透。轻抿一口，满口留香，是沁人的含着花蜜的清香。

其实，胎菊到底有何不同于杭白菊的功效我并未详查，也不在乎它对我身体是否有助，就如你倏然喜欢上一个人，喜欢就是喜欢，除他（她）之外的任何附加值都与你无干。我并不时时泡上一杯胎菊，不记得与它说说话，但记得它的保质期，心想着一定赶在保质期内将它喝完，别辜负它自江南跟随而来的美意。

花茶大都这么可人吧！草原上带回的金莲花也如此，即便被晒成干花，也会在一杯清水里徐徐绽放开最后的芳华。

从不因自己人到中年就嫉妒青春年少的女孩，女孩跟胎菊一样，新鲜的灵动感惹人怜爱，而一般的杭白菊，细赏其水中模样的人恐怕不多吧。每次人家请喝茶，我总自觉地点菊花茶，因为便宜。事实上，我并不喜欢茶楼的菊花茶，甜得让人品不出菊香。大朵的白菊挤在大玻璃杯里，陪伴她们的是几颗像葡萄干的红枸杞。

煮最后一壶胎菊前，加进上好的枸杞。坐在大烤火桶里，盖着薄被，嗑着不常嗑的瓜子，剥开南丰蜜橘，开着手提，把茶倒进玻璃杯里，享受冬夜的静美。

儿子自外头散步归来，隔着玻璃屏风便露出一张笑脸，说，老妈，我好喜欢这个画面啊，看到这一幕，就想起上一个冬天的你。

心下想，上一个冬天我可从来没有煮过菊花茶啊。

少年不识茶滋味

年少时，家里常备一包长沙茉莉花茶，简洁雅致的长条袋包装。好像得来了客人，奶奶才拿出来待客，屋里就荡漾起茉莉的清香。

那是我童年记忆里唯一跟茶有关的画面。

很长一段时间，我只晓得绿茶和花茶。每次读文章读到“清茶一杯”，还想着，清茶到底是什么茶？等我知道清茶一般指最普通的绿茶，我已经不再是少年，甚至青年。

读初中时，有一回在同学家玩。她的母亲刚待完客，顺手把客人喝过的茶洗了，再晾到窗台上。这个娴熟连贯的动作恰好收入我眼底。我偷偷问同学，晾干做什么呀？她不动声色，继续喝呀。我有点懵，想回家观察奶奶，她会不会那样小气呀？

我家估计是没拮据到那种程度，待客的剩茶都是当即倒掉，最多倒在花盆里，说是可以浇花。而同学的父亲没过几年被提拔当了领导，阿姨想必再不用做“二道茶”了。

那年代，湖南很多家庭喜欢弄一撮粗茶，丢进一只橄榄型的粗瓷大茶罐，将滚水注满茶壶，凉在堂屋或灶间，供家人打口渴，一喝几天。写茶书时弄清楚了，瓷罐就是民间包壶。好几次二哥放学回家，嘴对着茶壶嘴，咕咚咕咚一口气灌下不少凉茶，被我撞见。真脏！真自私！我急得口不择言。他只是嬉皮笑脸道，不脏不脏，我嘴巴离壶嘴远着呢。我心里却因此总有个疙瘩，谁晓得他的口水有没有弄进茶壶里。

渐渐地，我便不喝茶了，口渴也不喝。实在渴了，从热水瓶里倒白开水。夏天呢，趁机只吃冰棍。

我如今酷爱喝茶，但发现儿子也不沾茶，他爱喝饮料、吃冰激凌。是不是年轻人都这样，没有喝茶的闲情逸致，都忙着挥霍青春，拥抱火热的生活去了？这两年，偶尔招呼他一起喝茶，他并没有过分排斥，大概也是不想拂我们面子：走过来，端起斟在小杯里的茶，抿上几口，权当陪父母喝了茶。

刚参加工作时，有一年县里召开林业工作大会，我被抽去给主席台上的领导们倒茶。大舅当时是分管农林水的领导，他怕我不懂得倒茶礼仪，提前示范给我看：怎么斟茶，怎么盖盖子，怎么续水……我小心翼翼，也诚惶诚恐。好在年轻聪明，看几下就熟练了。

那以后，我就乐于在各种场合替大伙倒茶续水，有人还喜欢偷偷拍下我专注倒茶的照片，夸赞我倒茶的神态娴静动人。

初懂茶，是刚改行到森林公安。单位一副职是我高中同学，他办公室的文件柜里常放着些好茶。仗着老同学的身份，我时不时地跑到他那儿蹭茶喝，是他给我普及了明前茶知识：你喝的这个绿茶，是明前茶，来自溆浦岗东，志坚老家。

志坚也是我们同学兼同事。我抿口茶，找合适的词夸赞：嗯，难怪清雅又清香。

他笑了：高山云雾出好茶呗，何况是清明前采制的。

溆浦岗东，跟两江与善溪已合并为三江镇。紧挨着著名的黑茶之乡安化。

一条叫渠江的小河，穿过三江镇，流往安化，汇入资江——湖南著名的四大长江支流“湘资沅澧”中的第三大河流。

而溆浦，大都属沅水流域。

沅水清幽奔放，资水野性迷人，“湘资沅澧”沿途尽是璀璨湘茶。

山好水好，出“凤凰”，更出好茶。印象中的三江人，都格外水灵周正些。

溆浦的四条小河，在县城汇成溆水，再一路欢声西去。经思蒙，最后在大江口犁头嘴汇入沅江。那条水路，就是当年的屈原入溆路。屈原从沅江逆流而来，到了犁头嘴，左折入小江溆水，逆水东行至溆浦，《涉江》名篇由此而成。

思蒙沿途峭壁上的悬棺，风干了千百年来的红尘往事，唯留画一般的青山绿水和屈原留下的传说。而屈原，在溆浦流放过那么多年，可曾喝过那里的“清茶”？

很多年后我才知道，二都河流域的统溪河穿岩山，有不少野生灌木茶树，并遗留了一条完整的茶马古道。而一都河流域的龙潭，既有山背花瑶梯田，又是湖南红茶的主产区之一。

茶，与山，与水，与纬度，均有很大关系。

离开溆浦时，我尚属茶盲。先生当时在电视台做记者，采访归来，总带些中方桐木、会同鹰嘴岩的绿茶以及沅陵碣滩茶。可那会儿我完全没有喝茶的雅兴，茶一收就是大半年。我倒是知道绿茶得喝新的，才赶紧分头送了外地朋友。喝过茶的客人都反馈：怀化绿茶也很不错。我才知怀化也产好茶的，尤其是沅陵。

“家在水下”的沅陵库区北溶，是千古贡茶碣滩茶的故乡。

从来佳茗似佳人

一条窄窄的花溪路，划开香洲广场与对面林荫道后的一家茶苑。几年前我自它门前路过，瞥见招牌上“爱莲说”熟悉的字眼，曾心里一颤：茶苑主人会是怎样一个人？

这座城市里开茶楼的熟人不少。而我虽嗜茶，却习惯于在家独饮，最多和先生一道喝，因此不管哪家茶楼，我都不曾流连。

但近来，我莫名地迷上了“爱莲说”。

她像古画里的女子一样，款款走近我：我是瞿湘洁。我微微一笑，解开了几年来的心结——这样的女子，真配得上这样雅致的店名。

进门，右侧是依墙而上的木质楼梯。楼梯右侧的墙上挂着大幅《爱莲说》，我一眼认出是本土怪才王文的书法，他的书法辨识度太高，古拙中藏着清雅，与茶苑的风格相得益彰。包厢名均取自词牌名，相见欢、菩萨蛮、忆江南、诉衷肠等，连同“爱莲说”的招牌，都为王文书写。大小不一的包厢，曲径通幽的走廊，无不折射出设计者的匠心。

我问她，谁的创意？她告知，是她的。我有些诧异。

坐在温馨小巧的“诉衷肠”包厢，她为我沏茶。她说，今年的新茶还没下来，这是收在专用冰箱里的明前茶，保靖黄金茶。我抿了一口汤色青翠的茶，低头打量正在水里跳舞的茶，又抬头看她。

她说，自己曾闯荡深圳12年，出过两张唱片，艺名夏紫。原来，茶苑里放的民歌小调都是她唱的。听到《四季歌》时，我有些恍惚，天涯歌女周璇清丽的面容在眼前晃悠，可对面明明坐的是她，古典又娇媚的洁。她10岁考进省艺校，学了4年阳戏。我想听戏，她抿嘴一笑，一点儿不扭捏地开唱。行云流水的唱腔，眼波流转的双眸，这位叫洁的女子，正是“在别人的故事里流着自己的泪”的伶人啊！

她说，当初起意做这个茶楼，是为了一个梦，或者说，是为了一个理想。她爱茶，懂茶，早已考取了中级茶艺师。她希望闹中取静，在喧嚣的红尘里为自己，也为爱茶人打造一块心灵的净土。

自此，几乎每天我都会不由自主地踏入“爱莲说”，不仅是为喝一杯茶，更为见一见洁。

茶苑，主角本该是茶。可苏东坡明明说过：“从来佳茗似佳人。”品茶时，我常想，洁到底是周敦颐笔下“濯清涟而不妖，中通外直，不蔓不枝”的莲，还是一道让人回味无穷的茶呢？

“爱莲说”藏着无数好茶，也藏着一位佳人，更酝酿着一池梦——“水调歌头”与“相见欢”包厢隔池相望，我与你也可以倚窗相望。待及初夏，池里的睡莲会醒转来，我们便能共赏锦鲤戏绕睡莲的画卷了。彼时，边品茗，边聆听夏紫的低吟浅唱，何尝不是同赴一场心灵之约？

碣滩一号

知道碣滩茶，是当年有人送了一套“怀化四件宝”给先生阿伟。

家里那会没人爱茶，更没人懂茶，茶就搁在家里，我担忧着它们的保质期。正巧一位湖南籍外地文友嗜绿茶，想起“四件宝”里的沅陵碣滩茶，趁他来湖南，我便带了它做随手礼。

那时我没去过沅陵，不知它身处神秘的北纬 30° 附近，更不知中国传统十大名茶只有安溪铁观音不在这个纬度带上。

2015 年，我接了写一本有关湘茶的书的任务，不得不到处找资料，夜以继日地赶稿，与三湘大地林林总总的茶在书里相逢。等到书成，自己也彻底沦为茶客。在搜集资料的过程中，我发现了碣滩茶的原产地在北溶，而北溶是英年早逝的本土诗人邓友国的老家，是他的诗歌《家在水下》里提到的千年古镇。我至今能想起他在钟坡山上激情四射的朗读：

家是回不去了，家在水下。有鱼在守候着
像守着祠堂里的牌位一样，我们都成了鱼的祖先

东家的长，李家的短，被鱼们当成野史
在戏台上反复上演。唐溪桥登台，溶溪桥下台
一曲《蝶恋花》，让所有的鱼潸然泪下

沈从文笔下“美得让人心痛”的沅陵，邓友国笔下永沉水下的北溶镇，都是白纸黑字的诱惑，而北溶在摄影家的镜头里，突兀的山峰早被水与雾环绕成若隐若现的山头，座座山头栽满茶树。五强溪水库的修建，令一些原居民永失家园，但碣滩茶却因水面的抬升，仙气更足。

我一直不太明白，邓友国在世时与我们交往甚密，请吃过很多次饭，为何从没请喝过一次他家乡的碣滩茶。

因而，碣滩茶于我的记忆，不是邓友国，是一个我称呼“老舅”的人。

那年我刚抵京半个月，就读鲁迅文学院第二十九届高研班。“老舅”突然在微信里找我说话：四儿，在北京习惯吗？我说，很好，每天下课就在窗前喝茶，外头是小池塘和梅园，还有好多玉兰。

他笑：那是神仙日子呀！这样，你给个地址，给你寄个茶过去。我窘了：不用，不用的！他忙道：是碣滩新茶。我一听“碣滩”二字，客气也不讲了，赶紧将地址发过去。第三天收到了两提特级碣滩一号。我知道，即便普通的高山云雾茶，只要是明前茶，也金贵得不得了，鲜叶均为芽头或者一芽一叶初展。光想着那些鲜叶，就够你咽口水的了。

我指望用家乡的明前茶撩拨一下北方师友的味蕾，便将两提茶散落四方，自己仅留了一小盒，班上爱茶的同学都尝过。在 401 那间朝南的房子，我常会挑一个没课的上午，泡上一杯碣滩茶，看着细腰袅娜的干茶被 80℃的纯净水裹挟，在水里上下舞蹈，最后彰显她原本在枝头的模样——完整的叶芽，像极了十五六岁的女孩，清冷与妩媚交织的气息扑面而来。抿一口，甘洌之后略有微苦，不同于江浙绿茶的甜香柔媚。

据说，碣滩茶是用中间细、两头大的竹笼，将鲜叶铺在竹匾上，下

面用炭火、松杉枝烧出特有的松烟香来烘……半烘半炒出来的碣滩茶，便有了“南蛮之气”。跟同纬度的江浙名茶比起来，有相同的鲜爽，却有着不同的气质，等同于江浙女子与湘西女子的区别。

盛夏，我回到湖南。老舅给我和西藏归来的两位老友接风。席间，跟他提起碣滩茶。他笑曰，茶要送给爱茶人。我不是在扶贫吗？我不怎么会喝茶，就想到送你，是你小舅妈亲自去寄的顺丰快递。

“小舅妈”是他美丽的二婚的妻，工作单位、家与我家数步之遥，可自他的婚礼后，我就没再见过她。

初秋，他90岁高龄的母亲去世，我和先生驱车回小城奔丧。他忙完丧事，约原班人马聚了一次。十二月初，我着急去趟小城，连夜求助万能的微信朋友圈，夜深，无人回应。次日一早看到他发的私信，说正好去小城，来接我一起走。

他办完事打我电话：你忙完我来接。我说，还得去几十公里外的派出所。他忙说，那我送你去。我怕麻烦他，不用不用，老舅您先回吧。

大年初二那晚，我随手在微信里给他拜个年，他立马发来一个大红包，我嬉皮笑脸地接了。2月8日，利蓉发了朋友圈，我看了几遍，才确认跟他有关，打电话通知伟，他竟然不信。

灵堂上，我见到了“小舅妈”，当年如花似玉的她，脸上多少留下了岁月的痕迹。她哭倒在我怀里，我也泪眼婆娑。

头一天他在市里开大会就感觉背部刺痛，可仍坚持开完会才去市一医院急诊，检查也没发现异常，留观一夜，晨起想如厕，一夜没合眼的“小舅妈”还特意询问早班护士，说无碍。可就在她被他推出卫生间的几秒钟，窄小的卫生间门阻挡了他的生路——高个子的他一个倒栽葱，把门堵住了。而她听到“扑通”一声响时，人还没走到留观病室的门口。慌张间找人来拆门，等门拆掉，人已经去了。

她哭诉，从没在家做过一顿饭的他，开会中午回家，破天荒主动为她做了一顿饭。难道人在永诀前冥冥中都有预感吗？他的猝死，跟3年的扶贫工作有相当大的关系。本在市政府任副处级干部的他，被派下去当扶贫队长，人家扶贫扶 1 年，他扎根基层 3 年！女儿初三的关键时期到了，他才决定回城。

小城的旧人一拨又一拨地来，大都多年未见。大家都在说着“老舅”的好，他的仗义、宽厚、孝顺，他对所有人的种种好……可是老天爷为什么总是收走好人呢！有人还感叹，他的老母刚走几个月，他就尾随而去，难不成担心母亲在那边孤单，着急去尽孝？

人到中年，见面最多的地方，竟然是殡仪馆了！这真是让人尴尬难受的事。

又至清明，与一位资深茶人闲话保靖黄金茶，她说黄金二号市面上三四千元一斤，跟沅陵的碣滩一号有得一拼。碣滩一号？老舅给我送的碣滩茶不就是碣滩一号吗？

他送的茶早已被我送光，我留的那点在学校就喝完了，唯留图片在朋友圈，成了萦绕在心的余香。自新疆归来的某晚，我意外地梦到“老舅”和“小舅妈”。他们恩爱如初，哪来的天涯永诀？

可梦醒，茶不再，人不再。

“老舅”只是长我 7 岁的家乡兄长。我和先生与他早早认识，路遇会寒暄。他的外甥女锐是我俩的高中同学。到了市里后，渐有交集，他就以老舅自居，把我当成了他的外甥女，而我也很自觉地将他当成了亲人。他去世时，未满 54 岁，而“小舅妈”刚过 40 岁。

2017 年，我没喝到碣滩一号，也永失一位叫“老舅”的亲人。

若有一天再与碣滩一号重逢，我是否会在它甘洌后的微涩里，想起“老舅”那张帅气阳光的脸来？

水蓝印

那饼水蓝印是张铧老婆陈姐送我的。张铧是我当年在毛泽东文学院的同学。2013年春，他突发脑梗，保住一条命，但却成了植物人。

2017年桃花初开，我偶识贵州籍医生李忠实。他说曾用针灸治好过植物人，我就想起麻阳的张铧，以为天意来了——桃花开了，桃花诗人也该醒了。几经周折，张铧的爱人陈姐与我联系，愿意试试针灸治疗。

第一次陪忠实赶到麻阳，已是下午。在一条背街小巷，我首次踏进张铧三层楼的家。陈姐出来迎接，沧桑间仍见标致。我握住她的手，一时间百感交集。她是知道我的，我跟张铧是多年文友。

张铧躺在床上，脸部肌肉有些扭曲，嘴斜着，一只眼睛有些呆滞，另一只充满红血丝的眼不停地动着。陈姐说，那年发病，把一只眼睛冲坏了。

说实话，五年不见，我已经不认得他了。他已不再是斯文柔弱的老师形象，不再是走路怕踩到蚂蚁、说话会惊动蚊子的模样。

陈姐喊他，亦蓝来了！他没有反应。

忠实观察了张锌的四肢，摇摇头，说要恢复不容易，但他有点意识，扎针试试。10分钟捻针后，张锌冰冷的四肢有了温度。又开始帮他火疗与轻柔推拿，血色慢慢爬上他原本苍白的脸。陈姐与儿子高兴得不知该怎么表达，他们决定继续让张锌接受治疗，但愿能发生奇迹。

陈姐还原他当年发病的过程：生病前一点症状都没有，那晚他说饿了，自己去煮面，还问我吃不吃。没吃两口，他就猝然发病了。

我知道张锌不喜烟酒，但早有高血压。生病那年，他48岁。

我再一次陪忠实去麻阳，张锌有了意识。忠实问，认得她了吗？她是你同学亦蓝呀！张锌一只眼睛空洞无神，一只眼还是不停地转动。陈姐冲他说，你要是认得的话，眨眨眼。他果真就眨眼了！眼角还流出了几滴泪，嘴没有上回的歪。

那次告辞时，陈姐执意塞了那块七子饼给我。我不要，她急了：你对张锌这么好，送其他的东西你更加不会接，知道你爱茶，正好儿媳带回这块茶，你别嫌弃。

忠实说，后来出诊，每次都给张锌念他诗集里的桃花诗。他写了100首桃花诗呢！薄薄的诗集，摆在我家里好些年了，我几乎从没认真读过。忠实还说，有一次给他念诗，还故意打趣：你这首诗写给谁的？好像是情诗哎，是不是瞒着嫂子喜欢过别人？他居然露出一丝羞涩来。他一天比一天好，嘴不再歪了，有说话的欲望了，有一次还喊出了儿子的小名，让家人看到了希望，也让我们看到了希望。我在朋友圈发布他的情况，无数同学文友都替他高兴，以为老天终于开眼了。

回家后，我仔细端详了那饼茶，写着：7572水蓝印，1996年，中茶勐海茶厂出。我不懂水蓝印是什么意思。

一个月以后，4月12日，我决定开喝这茶，收藏了20多年的熟普，没有存下去的必要。用铜官窑“泥人刘”那定做的柴烧壶泡茶，汤色红亮，口感绵润，入口即化，跟往常喝过的熟普确实有很大的不一样。我发了朋友圈晒图，两个做茶的朋友马上私我，你那是好茶。我问怎么个好法。他们笑，值钱，小贵。

百度得知，水蓝印是好茶。所谓的水蓝印，就是其外包装上的“茶”字，是水蓝色。7572 本来是勐海茶厂的熟茶标杆，拼配出来的口感好。

这些年，这块茶跟时光耳厮鬓磨，早已成精，不好喝就不正常了。

我在茶里喝到了桃花的味道，喝到了 1996 年云南春天的味道。我写到，桃花都开过了，你快醒来吧！忠实信心满满地评论：会醒来的！

张铧有了意识，认得人了，肌肉组织和神经系统也逐渐在康复，每次我都明显感觉到他想开口说话，可是舌头还是转不过来。南方的春天总是阴冷，每次在高速上来回奔波，也很累人，但想到他一天好过一天，也不觉得累了。我还想着，这饼水蓝印得慢慢喝，张铧很快能彻底醒来，就能说话，说不定还能一起喝茶呢！

忠实回东莞厚街了，他那里还有店要管。我担心着张铧，忠实说，都安排好了，继续服他开的药。一个月后，他又告诉我，张铧的儿子儿媳回东莞上班了，也在厚街，他们年轻，必须得出来工作。他顿了一顿，有些欲言又止：陈姐也跟来东莞带孩子了。

我着急了，啊，张铧怎么办？他讲，我也劝陈姐不能离开，正是恢复的关键时期。可陈姐说，孩子请不到人带，张铧的病情总是反复，干脆请个保姆在家，伺候他和他老年痴呆的老母亲。等他好转，再接到厚街去继续扎针治疗。她特意问过张铧几次，他都点头答应。

木已成舟，我能说什么呢！我只能在心里为张铧祈祷。

我的担心没有出错，6 月 6 日下午，焦玫朋友圈一则讣告让我目瞪口呆，张铧死了！焦玫说：是机能衰竭。我立刻质问忠实怎么回事，他黯然：我说了他身边不能离开亲人……

说到底，恐怕是张铧自己彻底放弃了。家人累了，他也累了，坚持不下去了。如果说，四年来，他是靠一种信念活着，家人一旦不在身边，对于有意识却有口难言的他来说，等同于彻底绝望。

我没去麻阳参加追悼会，只托焦玫带了礼，同学林溪也唏嘘着带了礼，人死如灯灭，我也不想见陈姐，我偏执地以为是她放弃了他。

他去世后好些天，我天天和着泪水喝水蓝印，觉得水蓝印像极了张铧，慢性子，醇厚绵长。后来又想着，陈姐其实也像水蓝印，如玉般温润，中国传统女性的善良与坚忍在她身上俱存。我有什么理由埋怨她顾此失彼呢？更何况，张铧的自我放弃，换个角度想，何尝不是怜惜妻子。

总记得那个春雨蒙蒙的下午，陈姐追出来把水蓝印塞在我怀里的场景。她脸上的光辉，像极了水蓝印入口后的感觉。我突然理解了他们一家人。

老挝生普

我刚从半坡国际艺术区出来，挨着墙的绿化带里的花草都蔫蔫的。夕阳在我身后出奇地沉默，文友瑜娟的抽象画还在我脑子里翻腾。忽然接到阿伟的电话。他东扯西拉几句后，好像犹豫了一下，接着说：告诉你一件事，你暂时别说出去。我紧张起来。他沉默了会儿，才开口：欧阳去世了！

我脑子嗡的一声：哪个欧阳？

令公啊！

他不是去呼伦贝尔了吗？

是啊，刚下飞机到酒店，还在大厅，就出问题了，送医没抢救过来。

我瞬间想看清置身的城市，回过头，只看到了孤单的夕阳。我忍不住打电话给发小白莲。她的反应跟我一样激烈。

是的，欧阳是我们共同的发小，初中就被我们起外号“杨令公”的发小，高中还跟我们同学的发小，他，怎么就没了！

等回过神，我已坐在27层一间有落地窗的茶室，一个人。简陋的茶桌，泡着一壶1996年的生普，赠茶的师弟是那套屋子的主人，孩子去他那实习，暂时住那。

落地窗外只有几栋黑压压的高楼，看不到月，望不到远方。

手边的茶，汤色跟熟普一样红亮。喝下去，不如水蓝印那么柔和。上了年纪的熟普都已润滑到入口即化，而再陈的生普，还是能感受那股生猛鲜活劲，是岁月磨砺后都抹不掉的野性。生普的口感层次多变，每一泡都有不同的感觉。

我把玩着手边的茶。

那壶陈年生普，来自异域老挝的古树生普，耐泡到出乎我意料。仿佛知道那是个不眠之夜，它成为那一夜我的忠实伴侣。

那一夜，我一直在想，若没有我一家三口的呼伦贝尔之旅，三年后欧阳客死海拉尔的可能性会不会降到零？我当年在朋友圈的晒图晒文，被他看到眼里记在心里，年年叨唠要去呼伦贝尔。

我自新疆归，那夜贵贵同学做东，我帮几个男生合影，欧阳站在最中间，左边搂着卫东，右边搂着贵贵，阿伟和军各一侧，几个老同学都像齐声喊着茄子一样，笑得合不拢嘴。次日欧阳大摆一桌，又合影，谁曾想，那是他最后一次请客！

没几天，他要我当年那个游记，说当旅行攻略。我还接到他最后一个电话，还是说去呼伦贝尔的事。十天后，我在遥远的西北，他刚飞到更遥远的海拉尔，还来不及踏上大草原，还在医院挂着第二瓶水，一句话没留，就走了。

当夜，我用高德地图丈量着我与他、他与家乡的距离：海拉尔距西安我当时所在的位置，最短距离2460公里；他与怀化的距离3217公里。

他在东北，我在西北，我们的家乡，在中南。

回湖南前的两夜，我都用那款生普遥祭海拉尔的他，那个已经再也睁不开眼的他。汤色红得像滴血的心。

按说，一个同学的猝死，不至于令人过分伤心，但那次伤心欲绝的，绝对不止我一个。初中时，他基本跟我一个组，坐在我前面，总是埋头做功课，很少参与熊孩子的是是非非。而初中时代的我与白莲，是假小子，白莲自封霍元甲，而欧阳因帮着班长兰说过话，他俩同时被同学们封为《陈真》里最龌龊的阿香阿福。

那个少年时被称作阿福的欧阳，在中年，在他事业正红火得让人嫉妒羡慕的时候，命运骤然跟他、跟他家人、跟同学开了一个天大的玩笑，他哪里有福了呀？

我赶回怀化的第三天，他的骨灰已被从3000公里之外的海拉尔送回到家乡，二三十个同学自发约去高铁站接他，声势浩大得像迎接贵宾或者领导。

赶回灵堂后，大家各就各位，我被安排登记来宾账簿。

安置他骨灰的灵堂就是年初安放“老舅”肉身那间，一时间，我泪如泉涌——同一处，同一年，送两个亲人般的中年挚友，这种痛苦一时间找不到准确的言语来表达。迎来送往间，看到太多早生的华发，生命的脆弱与无常令人恍惚。

原本感冒未愈的我在灵堂待到晚上九点多。次日病来如山倒，我甚至爬不起来。阿伟在灵堂守了三天两夜，我在家闷了三天两夜。

欧阳出殡那天中午，阿伟回家，嘱咐我泡壶茶。我忙不迭地取出老挝生普，从笋壳里撬出一小块茶，丢进铜官窑的盖碗，用滚水洗茶泡茶。一不留神，水在盖碗里多闷了几秒，出的汤很浓。不善茶的伟啜了一口，皱了眉。我忙解释，可能茶叶放多了。

我不舍得倒掉，将浓茶喝了，又继续泡，继续喝。不一会儿，我开始心慌意乱，在客厅里不停地乱窜。窗外明晃晃的阳光好像在看我的热闹，窗台的吊兰也对我做出了诡异的鬼脸。我坐下，起来，又坐下，又起来。阿伟诧异了：你怎么了？我语速加快：我心慌得很，会不会心梗？他说，别小题大做，我打电话问问。贵贵让我接电话：欧阳死于心梗，就以为你也是心脏的毛病了？哪有那么多心梗！用不着来医院呢。

阿伟只好带我去诊所，量血压，看扁桃体。医生说，感冒差不多呀，没啥炎症，心率确实有点快，不放心就去医院验个血，就怕感冒引起的心肌炎。我拽着伟去家附近的市一医院。化验结果出来，只是缺铁性贫血。之后大半个月，失眠，心慌，一到晚上就不晓得怎么熬，有几次，我不得不一个人跑到客厅，开着灯躺在沙发上呆望天花板，撑到凌晨四五点才能昏昏入睡，梦里还尽是笑容满面的欧阳。

朋友看不下去了，认为我在灵堂碰了邪，劝我找风水先生化解化解。我还真找了一位先生。

可能真是心理作用，我的心神安宁了，可还是严重失眠。而往常，我都是倒床上就能睡的。恰巧那阵子本地一家药厂的董事长慕名找我，给我送了灵芝口服液，便嘱我天天喝，我才摆脱那段噩梦般的日子。

从此，我疏远了那块老挝生普。我怕一喝到它，会想到原本跟它扯不到一点关系的欧阳。

生命的无常和那场莫名其妙的病，使我深刻意识到健康的重要性。身边的朋友与至亲一个接一个，没有留下只言片语地永诀尘世。对生命的敬畏，让我开始不敢也不愿正视这谜一般的世界。我知道，天堂里的故人都在遥望、守护，也警醒着我们。

人心太小，盛不下一个又一个撒手远走的人，且将他们一一安放在相关的茶里吧。在不同的茶里怀念不同的人，每次都能看着他们，从各自的茶里向我慢慢走来。

锯朵仔

锯朵仔是一种茶，广东乌龙茶，凤凰单丛的一种。按六大茶类分，乌龙亦称青茶，半发酵；按地域，又分福建、广东和台湾乌龙。大名鼎鼎的大红袍产自闽北武夷山，也叫武夷岩茶；而安溪铁观音堪称闽南乌龙茶的代表，更是中国传统十大名茶之一。

锯朵仔产自广东潮州潮安凤凰镇乌岽山，故得名凤凰单丛。

接触锯朵仔之前，我喝过一款凤凰单丛，是师兄早两年送的。锯朵仔则是一位师弟送的。两人皆为我的大学校友——认识凤凰单丛和锯朵仔，都跟母校有关，缘分真是妙不可言。

东莞的师弟给我寄锯朵仔之前，我俩刚作为特邀嘉宾在长沙校友年会上见过。之前同在一个老乡校友群，偶然能在群里抢到他发的大红包。

年会晚宴上，我俩在柳思维教授那桌不期而遇。师弟是校友里成功的企业家，老教授认得他是自然，我没想到老教授也知道我，他说读过我的文章——学财会的我，在母校出名却是因为文学，有不务正业之嫌。师弟热情地帮我跟老教授夫妇合影。我冲他礼貌地笑笑。

夜深了，他从群里加了我微信。但从头到尾，他只发微信表情。我觉得有趣，也淘气地回复搞笑的表情。俩人一言不发，短兵相接了好一阵子，最后他发了一个再见的表情，我晓得他累了。一场“表情战”，在没分出胜负时宣告结束。

后来，他偶然在微信里找我聊天，才知他爱文学，信佛，做慈善，也爱喝茶。他问我：你爱喝啥茶？我说：没有特殊癖好，喝茶于我而言，是体验不同的茶滋味。他有些偏执：我偏好凤凰单丛，黑茶我是不喝的。

我忙说，我喝过兰花香的单丛。他说，你给我地址，我寄些我爱喝的单丛给你。

谁要是说寄茶给我，我从不讲客气，何况他动辄给母校、给老家助学捐赠上百万的。喝点大款的茶没事，我马上飞过去两个字：好啊！

没出两天，顺丰快递员送来一提四盒礼盒装的茶。打开一看：锯朵仔。

锯朵仔？我没问他。网络这么发达，不懂的事情问“度娘”。他问，你收到了吗？还寄了几个工夫茶盏，你注意查收。我不好意思起来：别，茶盏别寄，我有。他不容拒绝的口气：已经寄了，我自己瓷厂的。

我只知他做医药行业，不知他还有别的投资。但好茶配好鞍，我明白他的心意。

几天后，茶盏到了。师弟问，你拍照给我，我得瞧瞧有没有按我的要求发货。检验后，他说，嗯，配了竹编的龙泉青瓷，高矮各一对，还有一对油滴天目，那个你可别送人。

我嘴上应着。不出一年，六个茶盏被我偷偷送出去四个，给先生留了青瓷高盏，自己剩一盏油滴天目。“度娘”给科普了何为油滴天目，何为锯朵仔。茶盏与茶里的学问可真大啊，我有些目不暇接。

当晚，我跟先生说，给你泡锯朵仔。他一脸懵懂：锯朵仔？我说，就是以前你喝过的凤凰单丛，但不是一种味。

我用沸水将铜官窑的盖碗烫了下，取出几克锯朵仔，细紧的条索，油润的黄褐色，将散茶置于盖碗内，它就静卧在盖碗里，盯着我的眼神从容不迫。我闻闻干茶的香，有些陶醉。右手执刚煮开的山泉水，对着盖碗高冲，把第一泡茶汤迅速倒在公道杯，算洗茶也算是洗杯。第二泡，即泡即喝，茶汤柔和甘润，回甘悠长。

观察叶底，黄亮的叶腹被一圈朱红围着，难怪有“绿叶镶红边”之说。问先生，感觉如何？他咂咂嘴，道：单丛的口感确实特别。我笑问，闻到什么香？他端起青瓷高盏，嗅了嗅，又抿一口：有杏仁香！但好像还有别的香味，花香？像是栀子花香，若有若无的。

我现学现卖：所以锯朵仔又叫杏仁香啊。

先生笑了：锯朵仔这个名字有意思，广东人爱叫仔，没想到茶也叫仔。我继续科普：因为茶树叶有明显的锯齿状。单丛里还有叫鸭屎香的呢！

锯朵仔生长在海拔上千米的乌岽山下寮，乌岽离东海近。高山云雾本来出好茶，又受海洋气候影响，这跟太姥山的白茶好喝是一个道理。

说那话时，我并没到过乌岽，只是百度了潮州的地图和乌岽山的图片，心里有了茶山的模样。

单丛始于南宋末年，传说跟宋末帝赵昺有些渊源。说小皇帝南逃时经过乌岽山，口渴难忍，侍从认得茶，在一棵小乔木茶树上采摘了些鲜叶，叶尖似鸟嘴，让其嚼食解渴。由此，赵昺赐名宋茶。这种红茵茶树，慢慢被当地人移植，开始出鸟嘴茶，明朝即成贡茶。后经过繁衍种植，按等级分成单丛、浪菜和水仙。单丛最佳，而乌岽出的，又是单丛里的精品。

每每喝锯朵仔时，我总觉着它像一个谦谦君子，不似红茶那样自来熟，再不会喝茶的人，都觉得红茶好喝。单丛却需静心品，像起初我觉得师弟淘气，接触多了，方觉他人品的高贵。他当过兵，对看不惯的事会直接表达不满；他是个生意天才，却常惦记家乡的贫困学子，心中有大爱，也总去庙里参佛。

我们很少见面，也不常微信聊天。他偶尔戏谑：你别总是在朋友圈发些鸡零狗碎，多发点你的大作，我需要精神食粮。

年初他来参加怀化的校友年会，带了块白牡丹给我，这白牡丹不是花，是福鼎白茶里的一种。他知我钟情于福鼎白茶，说，这是禅茶，庙里的师傅亲手制作，觉得好喝，我再给你寄。

我并没着急开那饼白牡丹，隔三岔五还在喝锯朵仔，喝得慢条斯理。若非真正的茶客，不一定能品味出锯朵仔的好。单丛泡得太久，易苦涩，所以单丛是工夫茶，得悉心冲泡，慢慢品味。

我能识得锯朵仔的好，也能感知看似倨傲的师弟心底的柔软和淡定——我总以为，爱喝单丛的人，若无从容淡泊的心，是难以品味出单丛之美妙的。

湘西的黄金茶

2015 年下半年，我纸上谈兵地写了一本介绍湘茶的书，于是对无数款湘茶有了莫名的向往，而有一款茶，在 2017 年初与我结下了不解之缘。

这款茶有个很土豪的名字——黄金茶，不够雅致。当地宣传“一两黄金一两茶”，我这个学财会出身的，愣是换算了蛮久，觉得有点夸张。

据《明世宗嘉靖实录》记载，明嘉靖十八年（1539 年），一位叫陆杰的御史率队前往镇溪（今湘西吉首）巡防，途径鲁旗（今保靖葫芦镇），在深山密林中，多人不幸染上瘴气，行至两岔河苗寨，病人连路都走不动了。苗寨里的一位老阿婆，闻讯摘了不少屋前百年老茶树的叶，熬制茶汤送给病人服用。不过半个时辰，病人的瘴气痊愈。陆杰赏赐一锭黄金给阿婆，此茶自此成了朝廷贡茶，得名黄金茶，苗寨也易名黄金村。

2016 年春天的一则新闻，则霸气地印证了“一两黄金一两茶”——太平洋建设川商集团以 20 两黄金购买了 20 两保靖黄金茶。

毋庸置疑，这 20 两黄金茶采自黄金村最古老的茶树。沿两岔河两岸傍山分布的七大古茶园里，共有 2057 株古茶树，年龄最大的一株已经

400多岁了。

普通人自然喝不起也喝不到古茶树上的“文物”，一般的茶客喝到的多为无性系扦插繁殖的黄金茶。

我第一次品尝黄金茶，是在2017年早春。给我泡茶的是“爱莲说”茶楼的老板湘洁。我俩一见如故。她一高兴，说，我冰箱里还收着点去年春天的黄金茶，明前绿茶，你试试。

黄金茶？我想起了那本茶书里的白纸黑字。

被悉心冷藏的黄金茶，像一群纤细娇嫩的小姑娘，在80℃的山泉水里群舞着。看着舒展着婀娜腰肢的它们，我不由得入了神。轻抿一口，仍觉鲜爽。泡了好几泡，味才慢慢淡了。湘洁说，再嚼嚼茶叶？我面露难色：不苦吗？

她抿嘴笑道：你试试！我只好嚼嚼。哇，居然是淡淡的甜！不知不觉，杯子里的茶叶被我吃光了。后来，我试嚼了多款绿茶，很少有像黄金茶这么甜，让人忍不住全嚼光再咽下去的。

三月中旬，湘洁约试新茶。端坐茶厅的茶桌前的她眉目含春，道：姐，我刚从吉首寻茶回来。可惜老板手上只有两斤，我抢了一斤。

看湘洁泡茶是一种享受，淡扫蛾眉的她，气质古典、甜美。烫杯、取茶，手法娴熟，不愧是中级茶艺师。她递过玻璃杯里的干茶，让我嗅嗅，才烫过的玻璃杯，烘衬出满杯的栗香。她把玻璃杯放回茶盘，手持适温的水，沿着杯壁缓缓注入。单芽、一芽一叶的干茶，即刻像小鱼儿在水里穿梭，一会儿翻上去，一会儿沉下去，原本弯曲的干叶逐渐舒展成葱翠的模样，对的，上次喝的是黄绿色。湘洁说，这是黄金二号，价是黄金一号的几倍。

在2017年的头春滋味里，我一时间有些灵魂出窍，急切地想去趟湘西的茶山。

仿若老天知我心，月底，去古丈溪流墨采茶的机会就摆在我面前。

本以为去古丈，采的会是古丈毛尖，谁知古丈毛尖还要一阵子，黄金茶早些。溪流墨离原产地黄金村近，隆平茶业在那里弄了个黄金茶园。

我们进茶园时，灌木茶树已被采过好几茬了。想寻芽头或一芽一叶初展，都不好寻，发现一点儿刚冒出来的芽，我们都像捡到了宝。采了好一会儿，挂在胸前的小篾篓里，鲜叶还只有一小撮。

喝了一下午的新茶，喝到暮色涌上了溪流墨的大小山头，我们才一路往南，返回吉首。

湘西籍著名大写意花鸟画家苏高宇兄正巧那几天返乡，约我喝茶。在乾州古城一座溢满书香与茶香的书屋二楼，吉首扶贫办主任刘筱华款款而来，美丽而雅致的筱华姐热爱文学，散文写得好。聊得正开心，她打了一个电话，原来，她要请隘口的村支书向天顺来。

向天顺是湘西黄金茶传统制作工艺的传承人。他一来，屁股还没坐稳，就跟筱华汇报起合作社茶叶火爆的销售情况，我才了解，与我同龄的他，本是隘口第一个跳出农门的大学生，始终痴迷于祖上传下来的黄金茶。彼时，相邻的黄金村茶业已如火如荼，精明的他嗅到了商机，毅然放弃公务员的身份辞职回乡，成立了隘口村首个茶叶合作社。又逢吉首市大力发展湘西黄金茶产业，政府无偿提供茶苗，还有各种奖补，于是，景色如画却一贫如洗的隘口，能栽茶树的地方全都栽上了茶树，原本只剩 100 多亩茶园的隘口村，在短短几年时间里，拥有了 1.5 万亩苗疆茶谷。

隘口不再是古时的军事关隘，不再是只拥有南长城遗址、茶马古道、飞瀑悬崖的“浓缩的湘西”，在这个土家族、苗族和汉族混居的古村落，黄金茶成了精准扶贫的支柱产业。高宇兄题写的“湘西黄金茶”古拙而大气，印上了包装盒，走向了大江南北。

筱华姐用笔记载着吉首十大茶谷的点点滴滴，而她的心，牵挂着每一株能帮村民带来“黄金”的茶树。

我曾用两个玻璃杯，分别泡上隘口和黄金村的明前绿茶，想品一品，相邻的两个村落栽培的黄金茶有啥不一样。可喝到后来，我傻傻地分不出哪杯是隘口的，哪杯是黄金村的了。溪流墨与隘口的黄金茶也曾被我如此比较过。

这三个村是近邻，尤其是隘口，紧挨着黄金村。我在卫星地图里仔细查了它们的地理位置，才豁然明白——它们在北纬 30° 上！北纬 30°，即北纬 27.5°～32.5°。

令人叹为观止的是，中国十大名茶里，有九大名茶出自神秘的北纬 30°。

因早几年写茶，我熟悉了北纬 30°，熟悉了湘资沅澧沿途琳琅满目的湘茶。而在日益熟悉的黄金茶里，我熟知了吕峒山、隘口、溪流墨等流淌着湘西风韵的地名。

我爱上了湘西，爱上了湘西的黄金茶。

很多人都追问过，到底是保靖黄金茶正宗，还是湘西黄金茶正宗。我也疑惑过。经过长期的对比，我真正明白，除却七大古茶园的 2057 株古树，湘西州宜植黄金茶的山谷，已遍栽了“黄金”，黄金村也好，隘口也罢，抑或溪流墨，每年春天，遍地“黄金”遍地茶。地域因素规避了南橘北枳的风险。两个著名的地方品牌——保靖黄金茶和湘西黄金茶，在我看来，也仅是冠名不同而已，都是一样的春滋味，皆为带领山民致富的“黄金茶”。

这样的黄金茶，喝下去的，就不仅仅是春滋味了。

第三辑　一春心事在眉尖

陪着月儿的那颗星

蓝色的西空有一弯淡月，右下角挂着一颗静默的星。这是七月初四的黄昏，在家附近的香洲桥上偶然瞥见的一幕，油画般的一幕。

当晚便着了魔似的问“度娘”：陪着月亮的那颗星星叫什么？多数说是金星。金星，是除太阳月亮地球以外最亮的一颗星，傍晚时被唤作“黄昏晓”，晨起出现，又唤启明星。说2010年8月13日黄昏，即七月初四，西空会出现双星伴月（木星与金星）的天相，可我只看到最亮的那颗金星。

初一月叫新月，肉眼看不见；初二起，月变蛾眉月；初八后，便唤上弦月了。在红尘中挣扎几十年，不曾关注过月亮的盈缺，更没留心过蛾眉月下的星。

昨夜的月，昨夜陪着月儿的那颗星，让我的心莫名地柔软起来。

喜欢月圆。明月抚慰过人心，且可千里寄相思。记忆里的明月，有15岁时写的那首幼稚的诗歌，有董文华吟唱过的“照在家乡照在边关”的圆月，有扬州至长沙长途客卧上陪着我的异乡春月，更有厦门海上大桥越升越高的满月……

想来，人们喜欢圆月，还是因着欢喜圆满吧！

上弦月与下弦月无意间被疏漏了。

上一次关注上弦月是在双峰，东道主阳剑送几位毛院同学回酒店。一路上的笑语吵醒了夏夜的月，那夜是闰五月初五。没谁留意有无星伴月，只记得同行的人、微拂的夜风以及寂寞的月牙。

初五，傍晚时分，我约先生出去散步。

他笑我，太阳打西边出来了？

我撒娇，想去拍月亮与星星。

拿着相机，穿越热浪滚滚、人头攒动的香洲路，来到香洲桥边。

左拐，进防洪堤。那是条鹅卵石小径，马路右侧是香洲广场，广场上唱的跳的散步的，喧闹得很。马路这边，只稀疏几道身影：石凳上坐着不知在聊啥的两个人，几个散步的居民渐渐被暮色吞没。绿化带已垒高成新格局：下为车库，上是绿化带，与堤岸连为一体。

他突然喊，快看，月亮！

蛾眉月正爬上西空，晚霞已隐没在远山间。我说，没看到那颗星呀！他手一指：顺着我的手望出去。

天空的蓝尚未深邃，纯净得没有一丝云彩。我使劲揉着眼睛，还是寻不到那颗星，只看到一弯月牙白。再往前走几步，用相机镜头拉近月亮时，蓦然望见那颗星，在月的右下方闪烁，距离远于头夜，神情不卑也不亢。

微风轻佻着追赶热浪，天空在不知不觉中被染成深蓝，月挂得比头夜更高了。云集路上依旧人来车往，弯月隐匿在我家那幢楼与宏丰大厦间狭长的天际里。等回家上楼，自楼梯口侧身望出去，月亮越来越低，金星若即若离。

宇宙藏掖着太多人类无法探知的秘密，就似世间无数不为人知的隐秘。太阳、月亮和星星，跟人间诸多事物一样，始终客观存在。肉眼观察，呈现的无非是一些表象，美丽而神秘的表象。

繁星流动时不见月，月朗时星稀。太阳的光芒吞没了星月的身影，它睡去，月亮才悄然登场……

人类观察到的表象构成了地球上的一年四季和白天黑夜。谁都希望宇宙永恒，但永恒都是相对的：跟地球相比，人类渺小如无物；跟太阳相比，地球又近乎尘埃。在银河系，太阳不过一颗普通恒星，而宇宙至少有两万亿个类似银河系。

我们觉着星星渺小，是因为它们离人类太远；我们感觉地球千疮百孔，是因为扎根在这个星球。在星星的眼里，人类是看不见的微尘，虽然“微尘”有血有肉有灵魂。

由此，我喜欢距离——距离使人遐想，在看似冰冷的温度里能感觉疏淡的亲切，更可以从容地开始、拥有、转身直至离去。

银河系的恒星据说有一两千亿个，太阳系的八大行星中，金星离太阳第二近，地球离太阳第三近，都以太阳为中心进行椭圆形的公转。可肉眼望去，谁识得了谁？

伴月的星，是行星，是金星。看似伶仃，却不落寞。

你没见他始终晶亮着，溢出甜美的微笑吗？他并非刻意要守护月，他始终在离她不远的轨道运行，仅因运行速度不一样，他们放不慢各自的脚步，导致永无交集。

但它们总能在某些时刻隔空相望，距离也在某些时辰被拉近，人类就能在特定的黄昏、夜里或者黎明，领略到“金星伴月”“金星合月”，甚至“月掩金星”“四星伴月”的奇观。

黄昏的西空，金星和上弦月接连两夜合力上演了一出深情大戏，即便木星偶然出现，也插足不了那秘而不宣的爱情。

地球向来自信又自负，底气足，认定月亮是自己的人。金星孤家寡人，寂寥令他对月亮暗生情愫。地球并不在意金星对月亮的向往，他胜券在握，指不定还偷着乐：你们再多情，月亮也只绕着我转啊！

若非偶遇，又如何窥破他们之间的爱情？自有人类开始，就有喜欢天相的人试图探寻宇宙的秘密。万人瞩目的满月，在风光时，可能会遗忘曾陪在身边的金星，太阳的光芒让她逐渐丰盈，让大家都忽略了金星的存在，以为他黯然离场。

谁跟不上谁的脚步？谁曾遗漏了谁？

没有人给出答案。

只是月亮心里明镜似的。无论金星离她远近，不论见与不见，不论他忘了还是记得，她始终深信，她不会遗忘那些愉悦过、光亮过、温暖过的时光。他们注定重逢，不在黄昏就在拂晓，上苍自会安排，还会在心血来潮时，让他们靠近一次。每逢那时，他俩各就各位——他在那里，自始至终在那里，她在这里，自始至终在这里，双双站成遥望的姿势。

而人类，仍只在地球上，遥望月亮与金星这场纠缠不清的蓝色生死恋。

一些传说会陨灭，一些传说会永远流传下去。

随波逐流的妄想

一念间答应先生去芷江搞户外运动。

那个漂流的地方叫飞龙谷，险滩甚少，经过一两个急滩就到了水流缓慢的地方，没有树木遮阴的水面诗意顿无。同船的是报社陈兄的朋友李总，稳重善谈斯文的大哥。他本是跟易总搭伴。两位熟人任务在身，我落了单，陈兄临时指派李总与我一船，有事临时走开的易总落了单。陈兄说，他一个男子汉，一人一船就是。遂心安，与李总各执一根竹竿，说是路上做划子，开心地出发了。

落单的还有一对母女，原本想跟最先漂走的一对父子同船，可惜四人坐不下。我们开船时，母女俩便在求带，我们刚好每船两人，没法捎带。等易总的船跟上来，果不出乎我所料，他们一船，易总不得已扮演了英雄救美的角色。陈兄这头玩笑，一家老小向前冲啊！易总只顾腼腆地笑。前头还在轻声嘀咕：可惜了，那女人如果漂亮些，估计老易巴不得的。我赶紧笑眯眯跟两位兄长赔罪，是我拖累了你们。众人继续大笑，陈兄笑曰，和美女同船，李兄高兴都还来不及，只是苦了老易。一路上，几条船上的人不时互相泼水，易总船上的小姑娘更是调皮得要命。陈兄提议要我唱歌，我说，声音跟蚊子一样大，只能在 KTV 哄哄人。

在浅滩上小歇时，李总停下来吃桃，分我一个，我一点儿客气都没讲。其他人都没吃，我还有些诧异，难道就我一个像馋猫？桃子还没吃完，陈兄把我一把拉下水。水有点深，我连声大呼，要出人命了。船漂过三分之二的路程，在最急最险的滩前，陈兄和电视台的小伟的船都停下来等大部队，他们要抢拍镜头。我和李总先行。李总提起自己有低血糖，说，咱俩快划，得赶紧到终点去弄吃的，干粮在车里。

他们出发前在路边摘桃，原是为了李总。而救命桃，大家都留给李总，不知情的我，啃了仨。

其他人半天没跟上来，就剩我们这只船在水上漂着，周围静了下来。

阳光实在毒辣，下游又没有激流险滩，我的瞌睡说来就来。李总讲，那你就眯一会儿吧。

漂流船大，腿伸直了能够平躺，呀，好惬意！

李总细心，将他的橘色救生衣扔过来让我遮脸。两人就不再吭声。我闭着眼睛，任船随着波，逐着流。

日头呢，见到有机可乘，不客气地当起煎烤大师来。

头晚密密麻麻扎下的帐篷在不远处出现。天地阒然，船顺流而下。

水面太平静了。

岸上有人以为我们真睡着了，喊：船上的，你们的帐篷在哪？我们懒得搭理，继续享受日光浴。那人又着急地问了什么。我只好懒洋洋地坐起来，朗声回应：帐篷在营地呢！好心人才“噢”了一声，随即大声交代：那你们继续往前漂，前面有人了，再靠岸。

睡意被赶跑了，我继续大声回：行，谢谢！船那头的李总也被喊醒了，坐了起来。我俩又开始扯白话。

我后来总结：这是体验“随波逐流”的绝好机会。直接后果是让太阳晒伤了我的皮肤。

易总上岸后大诉其苦，说是漂到一半，同船的妇女竟催他追赶最早启程的那对父子，他想等大部队，妇女竟然不依，还说出无情的话：你一个人在这里下船好不？我俩先漂走。弄得易总心里很不是滋味，又不能翻脸，只得带着她们往前赶。我和李总，虽只是朋友的朋友，竟能齐心完成这场开心旅程——看来，临时旅伴也得讲究啊。

在生活中绷得太紧的我，有时确实想“随波逐流”一番，到头来也是空想一场。性格即人生，这是无法扭转的事实。

生活到底不是漂流，不能随波逐流。但偶尔妄想，倒也未尝不可。

眉宝、主子与玳瑁

眉宝来我家前，我最记挂鲁院的玳瑁。玳瑁是住在中国现代文学馆的流浪猫，因毛色似玳瑁得名。它可是鲁院的明星猫，好多届学员都认得它。

在鲁院，起初我没留心玳瑁，后来不知谁在班群里提到它，同学夏雨说他跟玳瑁很亲，常喂它。这一留心，它就无处不在了。有时在花园小径狭路相逢，有时我拿着单反在花园拍芍药，它从身边跑过，我喊：玳瑁！迅速把镜头对准它，它会停下来，配合着定格几秒，又跑了。再遇，是离校前的一个黄昏。它蜷在班主任俊平的脚边，与他一道望满池的莲与锦鲤发呆。

离开鲁院后，偶有同学提起玳瑁。听说它是芍药居一群流浪猫的头儿，有次在东门外的国槐树下，我亲眼看到它们拉帮结派时的无所忧及无所虑。

侄女凝儿在上海养着一只英短，是她收留的病残猫，花了大几千元才将病彻底治好，从此成了她的"主子"。我没见过主子本尊，高铁、飞机不能带宠物。逢年过节，主子也不能跟凝儿回湖南，我只能在朋友圈熟悉主子，感受它的各种“萌萌哒”。

跑儿读大学时曾央求过我养只猫，我也闪过养猫的念头，却没付诸行动。年轻时，听台湾歌手李亚明唱过：养一只猫，解放彼此的孤独……几十年过去，我还没整明白：看起来高冷的猫，真能解放人的孤独？

秋日上午，我刷了下朋友圈。洁在问：谁愿意收养这只可爱的小奶猫？我看配图，一只加白狸花猫，鼻头微微脏，眼神热切灵动。我心一热：没病吧？我想替儿子养。洁说，它很健康。它趴在诊所窗台上冲大家示好一上午，没人收留。看起来它刚被遗弃。

中午，她开车送猫过来。说，它好萌啊，应该还不到两个月，实在是我家宠物养太多了……谢谢你的善心，天气越来越冷，它在外面没法活的。

我盯着它，满心怜爱。是猫妈妈心狠，还是猫主人心狠呢？

洁陪我去买应急的猫粮与猫砂。看来它确实饿了，吃得心急火燎。吃完又躲起来，要不在沙发背后，要不在冰箱旁边一角。

第三天，它试图接近我，往我身上蹭。我趁机抱住它上秤，一斤四两。

以为它是母猫，便把当年为跑儿准备的名字“伊眉”给它，昵称眉宝。

它稍大点时，先生发现它是公猫，狂笑：天意啊！

一家三口从此沦为铲屎官，它成了我朋友圈的明星猫。有友评论：你硬是把一只丑小鸭养成了白天鹅啊！

冬天，回鲁院开会，我想起玳瑁，在寒风中寻到它的落脚点。它始终没露脸。保安说，早晨还晃过一眼呢。我把卤牛肉留在那。次日一早再去，玳瑁仍不在，食物倒不见了。

猫各有命。流浪猫或许吃不饱，受寒受热，但自由快活。家养猫养尊处优，只能每天站在玻璃窗前望外头的世界。人说，猫是独居动物，不怕孤独。但眉宝特别黏人。它七斤了，我们把它养得“毛花雪白”，就是越来越皮，上天入地的，听说狸花猫都这德性。先生对它爱恨交加，几次扬言要送走它。我心一横，要送连我一起送。有时他一急，打它，它也不挣扎。跑儿私下央求我，要爸别打眉宝。好在眉宝不记仇，晚上又趴在先生大腿上睡觉，伸懒腰，发出娇滴滴的与“喵喵”不同的声音。先生哭笑不得，眉宝是个戏精。

先生说，有一晚看到眉宝眼角有泪。我笑，它不会是想它妈了吧？

总想起凝儿家的主子和鲁院的玳瑁。主子有爱它的凝儿，玳瑁还是流浪猫。下一次去鲁院，我能见到它吗？

像朵莲一样生长

那次有朋友说，发现你文章里最喜欢提的几个名词，一是睡莲，一是荷，一是雪。

仔细想想，还真是。

或者，我的潜意识里最向往这些东西吧——纯净，自然，无忧无惧。

打小我就心无城府，天真且烂漫。

小学四年级时，我突患急性肾炎，请了一周病假。等病愈返校，有女生偷偷告密：上数学课时，何老师发现你的座位是空的，随口一问，申瑞琼呢？有同学应了一声：她死了。

小学和初中，我的名字总被写成瑞琼，是因溆浦人把“琼”“琴”“瑾”都读一个音。直到上高中，父亲才告诉我，我的名字实际是“瑞瑾”。

女生的这个“密”有如晴天霹雳，不到十岁的我开始沉默。

我从未追问是谁这样说，但有时真有点埋怨那个告密者，你为何要击碎一个小姑娘对世界美好的幻想呢。

小时，我性格文静，成绩好，作文从来是范文。周末无须参加大扫除，任务就是帮班主任改作业。慢慢地，我觉察到一些不友善的目光。

小升初考试，在二中。中午班上组织买冰棍，在校门口。我当时不知有何急事，跑别处去了，没参与。统一结账时，我声明自己没有吃，有人说我赖账，撒谎。情急中辩解，我没吃，你们为什么硬说我吃了？没人站出来帮我作证，我只得出了钱，虽然只是几分钱。

那会儿，我家就剩我一个还在上学。父母都是国家干部，父亲每天给我五毛钱零花钱，我真不是缺那几分钱，是心里委屈。我并不知道，长大以后还得遭遇更多的委屈。

初中，我是初长成的小女生，敏感，细腻，却跟白莲那帮子像假小子一般胡闹了两年。

有些女生喜欢拉帮结派，我小小年纪就害怕搅进是非，一见人要拉我去帮忙“对场”，就躲得远远的。

高中，受琼瑶小说影响，我又变回斯文沉默。

第三次被严重打击是刚上班的那个春天。

没考上大学的我，考进了木材公司，被分到一个偏远的木材站。

同批招进去的，大都从事检尺、记码的工种，唯有我当了助理会计。我师父是副站长兼会计，二十六七岁，腼腆，话少，背微驼。其妻为县城无业居民，个子高大威猛，偶尔会带孩子从城里过来住段时间。

我刚上班不久，她来探了次亲。起初，她常主动找我说话，和善得让我忘了她脸上的横肉。没隔一天，她看我的眼神就变了，恶毒得让我心里发毛。

出纳的老婆偷偷说，男同事开玩笑逗你师娘，说她老公现在带了儿儿瓜女儿（方言：年轻漂亮女孩）当小徒弟，可得看紧喽。一句玩笑话，你师娘当了真。

同事们做了河鱼喊我上楼尝鲜，她守在门边，眼睛鼓鼓地盯着我，冷嘲热讽，嘴里还骂骂咧咧的，害得我连门都不敢进。我生来怕事，不敢与人吵架，何况她是师娘，我更得忍着。

她对我的态度再也没好过。那时我刚 18 岁，还没男朋友。

我在日记本里写下一句话：我读不懂这个世界。

后来，单位的年轻人都成双成对了，只剩下我跟小李子打单，他也不敢来追我，用站里的一位老同志的话讲："塘小了，鱼大了。"

我这只"大鱼"两年后调到县城事业单位，很快，带薪脱产去省城读书。

丁老师给我算过命，说我人生中最好的 10 年，是 18 岁到 28 岁。回想起来，真是准得邪门。

在我的人生路上，遇到太多嫉妒中伤。起初我想不明白，偷着难过。毛院同学意而一句话使我茅塞顿开，她说：你要明白，木秀于林，风必摧之！

我总算懂了，一个人只要内心纯良，做任何事，都不刻意去伤人，别人的看法与我何干？人无完人，简单、善良、本分，保持初心即可。

文友韩慧有本散文集叫《愿心灵似雪一般纯净》。我被书名感动，韩慧在我心里顿时也高大起来。我喜欢内心纯净的人。

一直不敢自诩内心如莲，但我仍希望，不管到何时，自己始终能像一朵莲，无忧亦无惧地生长。

微雨的秋季

微雨浸秋寒，在火车餐车上，乘警老王、几个中年女乘务员、厨师正用地道的长沙话开着玩笑，他们都有着温和的面容。我跟车长小罗10年未见。当年，她正在热恋，她的男友小夏是个高个子皮肤白的乘警，我没参加她的婚礼，却去过她的新居。10年后，他们早已分离。

我走进餐车，小罗迎面走来，我俩同时认出了对方，她拥抱了我。

我说，你没怎么变样啊！

她笑，你也是老样子啊！

我露了怯，唉，老了。

她忙安慰我，只是胖了些。

是否都得到了中年才感叹光阴无情，才想起岁月长河里泛过的浪花，那些相遇又流逝的时光？

老友重逢，有莫名的欣喜，见证过的往事在模糊间逐渐清晰。

小罗其实一直跑这条线，我也无数次坐火车奔波在这条线上，居然都没遇见。今年起，她每隔8天会在怀化歇上两晚，她并不知道我居住在这座城市，她只记得溆浦。

当年她是个管软卧的秀美女孩，如今是单身母亲。岁月并不曾在她脸上留下什么痕迹。

喝了一杯又一杯的茶，我趁上厕所的空隙照镜子，发现蓬松的头发下藏着一张憔悴的脸。仗着自己视力不佳，我装作看不见。

回到餐车，与老王继续闲聊。

我说，这样的微雨，原该是在春天。老王说，是受台风的影响。

印象里的秋，总是高远的天，深邃的蓝，火红的枫叶。

我能否再登上那条盘山公路，去赏18年前见过的枫叶？

小罗讲，联系上了，以后经常可以聚的。你去小城，去省城，我们都可以同行。我笑曰，以后我掐着指头算你出乘的日子，你来到这个城市，我会定期来看你。

喜欢这趟火车，可以在微雨里眺望沅江，可以坐在无人干扰的餐车里，在善意的目光里，从容地读些还散发着墨香的文字。

这样的秋天，这样的旅行，这样的阅读——是我梦里想象过很多回的。

在蒙蒙细雨里出行，并不是第一次。烟雨凤凰，微雨西湖，都曾在我心里留下诗一般的回忆。而少时会唱的台湾校园歌曲，有一首就叫《丝丝小雨》。

丝丝小雨里，有谁可以与我同行？

微雨的午后，我来到白莲的办公室，她捧过我的新书，笑着说，我抗议，你侵犯了我的肖像权。

谁叫你不上相？我大言不惭道。

你可以找我要张照片或者就用我俩小时那张合影啊！

你一直没翻拍给我，你会翻拍不？

我不会翻拍，会扫描。

猛然看到她办公桌的台板下压着的一张单照，我戏言，这张照片挺好啊！

去白莲的新家：小小的蜗居，满目瑰丽的红，一柜子的亦舒与三毛。依然是当年的白莲。

格子接我去小酒馆，白莲送我下楼。长沙的小酒馆总是似曾相识。格子端庄如昨，却再也不肯端杯。

我惊羡时光只在她脸上轻柔地抚摸，曾经的沧桑无奈已无影踪。她沉静的样子，使我想起数年如一日呵护她的人。尘世间的幸福莫过如此吧。

又坐在熟悉的灯光下，又是一个人。

这几天的场景像幻灯片一样闪过。

微雨中的初遇与重逢，想必都是上苍的刻意安排。

我与你，与她，与他，注定不断地重聚与别离。

那些仓皇的情绪早已褪尽。

好几个夜里如此安静地听雨。

这个世界，这个深夜，听雨的人不只我们吧？

想起在长沙的早班公交车上，我望着另一辆公交车里陌生的脸孔。

我试图从中找到在文字里遇到过的人，也试图找到与琼在旧日长沙肆意穿行的青春的身影。

我也想起回程中被火车甩掉的河流与村庄。

那些村庄曾一次又一次自我面前掠过。

我知道它们始终是静止的。

驿动的，永远只是人心。

藏蓝色的梦

可能这辈子都注定了跟藏蓝色有缘吧。当年我作为财务人员从林业局改行至森林公安，就没有想过要离开。

家人都在市里，只有我一个人留在县里工作。多年调不进市局，我心灰意冷，决意改行。那年，市文联借调我大半年，我挣扎了很久，终是打消了离开公安队伍的念头。

大凡写作的人，都经历了文学少年、文学青年乃至文学中老年的阶段。

而我省略了文青时代，直接从文学少年步入文学中年。从 13 岁被班主任惊呼为“诗人的苗子”，到 15 岁发表诗歌处女作，从学校文学社副社长，到县文化馆的常客，我发表了不少“豆腐块”，得了省级征文奖，我的“文学少年”形象曾经深入人心。可从高中毕业那刻起，我藏起了色彩斑斓的文学梦。

多年以后的一个冬天，我在小城的春晚后台，碰到高中文学辅导老师彭靖武。

他第一句话竟然是，你还写吗？

我有些难为情，摇了摇头。

那日记还写吗？

我怕再摇头伤了他的心，就谎称，还写。说这两个字时，我心很虚。

几年以后的早春，我在不经意间进了新浪博客首页，看到家乡才子王跃文的名字。他是我父亲当年的同事，我高中刚毕业时，曾在他工作的经调室跟班一个月。我想给他博客留悄悄话，可系统提示我得注册。等我写完留言，系统又提示：你可以开始写博客了。

我蓦地想起谎称写日记的事情，便跟自己说，不如把博客当个日记本吧。

一年后，从丽江归来，我写了一万多字的流水账《在丽江》。

家乡诗友白浪循着王跃文博客的链接串门到我那，鼓动我去湖南作家网发文。我忐忑地在作家网贴出文配图的《在丽江》，一下子引起高度关注，约稿接踵而来。

再一年之后，我被推荐加入省作协，同年10月参加了湖南省第七期中青年作家班，惶惑中我意识到，前辈这么悉心栽培，我没有理由再玩下去了，是时候重拾自己的文学梦了。

短短几年间，我出版了两本散文集，作品也在一些期刊上陆续发表。2012年秋，我当选为怀化市作协副主席；2013年初，我被推荐入鲁院网络文学班短训。一时间，我成了文友眼里的幸运儿，只有熟识我的老友一直在鼓励我：你是厚积薄发呀！

芍药居冰封大地的半个月，屋里屋外的温差让久居南方的我爱上了北京，爱上了鲁院，有了鲁院情结。

之后的两三年，我对自己的创作走向产生了困惑，我似乎看不清梦的颜色。

迷茫中我决意不为难自己。写作不是吃青春饭，我得沉潜下来，安心阅读。每到岁末市作协年会，主席都会督促我，亦蓝，你还是得写啊！我知道主席可能误会了我，担心我躺在过去的成绩上吃老本。

我渴望着鲁院的高研班。3 年后，愿望达成。

帮我实现这个愿望的，是全国公安文联。

在此之前，我没写过公安题材，我写风花雪月，写家长里短，刻意隐瞒着警察身份。在文学的海洋里，我自顾自学着游泳，无暇关注他物。单位领导与同事都知道我喜欢写作，但可能我身处基层，几乎没人关注我的文学创作。我也从未想过，有朝一日文学梦会变成藏青色。

2015 年秋，老师提醒我，你想去鲁院，湖南人才济济，若省里一时半会排不到队，可以尝试从系统走呀！一语惊醒梦中人，我原来是有系统的，原来系统是可以帮我圆梦的。

高研班原则上不能超过 45 周岁，再不申请就将超龄，我遂将自己的创作情况写了一个报告，连同发表的作品一股脑儿地寄到了全国公安文联，并冒昧地申请去读高研班。我被鲁院录取，以公安作家的身份去了鲁 29 高研班，并被委任为副班长。我这个公安作家，当时有些心虚，也有些汗颜。

鲁 29 学员见证了 2016 年北京的春与夏，见证了中国现代文学馆的一场场花事，聆听了一位又一位名家的谆谆教诲。

是鲁院，为我重新打开了一扇窗，我在窗前望见了微光。

我参评第七届冰心散文奖，发表在《散文百家》的《云端上的溆浦花瑶》获单篇奖。参评第三届中国徐霞客游记文学奖，凭《华丽的大花苗》摘取了一等奖。我还申报了怀化市文学艺术奖，获得小型作品奖；参评中国出版集团组织的第二届海峡两岸网络文学大赛，凭《从茶荡漾开去》获散文组三等奖……有人说，2016 年是我的丰收年。可我想说，若非公安文联给了我去鲁院学习的机会，我跟那些奖项也可能无缘，因为两耳不闻窗外事的我，以前都不知道怎么参评。

我开始在《海燕》《四川文学》《朔方》《湖南文学》《中国文化报》《人民公安报》《文艺报》等省级以上文学报刊频频亮相，2016年下半年，更有幸被全国公安文联委派至贵州省公安厅参与采访英模。之前我对地方公安也有着跟普通老百姓一样的偏见，但通过我的采访对象，通过贵州公安留给我的整体印象，我被战斗在第一线的基层民警感动了，跟我同去的江苏公安作家老葛更是被他的采访对象感动得痛哭流涕……

那几天，同去的十来个公安作家交流着各自的采访心得。贵州警察朴实坚韧的形象总在我脑海里晃荡，我耳畔常会响起《人民警察之歌》，也不时忆起当年在南京晋督培训时着装走在街头的回头率，我再一次为自己没有改行而庆幸。

喝水怎能忘了挖井人？是时候蓄积力量书写公安题材的作品了。公安文联帮我圆了梦，我必须学会反哺这支英雄的队伍。萦绕数十年的文学梦，少年时的热烈奔放，青年时的蛰伏沉潜，人到中年才真正看清楚梦的颜色。是的，如果说曾经的梦五彩缤纷，我更愿意今后的梦的主色调是藏蓝色的。我将携着这个庄严而神圣的梦，为我的同行，为我们公安队伍深情讴歌。

闯关

我始终认为写报告文学可以用小说的笔法，也可以用散文的笔调，于是每次写作，我都选择最擅长的散文笔法。

2018年，我采写了两位警察。先是受湖南省公安厅政治部之托，采写百佳刑警贾春宏。采写前，我特意去电咨询一位公安同行该怎么做采访。

他说，你至少得采访三天！一定要他讲案子、讲故事、讲细节。

2018年3月底，我终于跟湘西自治州公安局刑侦支队对接上。约好采访的日子是周三，贾春宏已新任禁毒支队政委，但仍在刑侦支队忙着一桩大案。他让我先采访他当年在龙山县的战友，让其妻跟我夜聊。我住的酒店离他单位数步之遥，倒也方便。当时我猜想，第一眼看上去斯文羞涩的贾春宏，大概还没想好怎样接受我的采访吧。

通过外围采访，我心里有了底——假如说，有些人天生口若悬河，有些人天生嘴笨只会实干的话，贾春宏显然属于后者。

终于轮到他面对我。我觉察到他的局促不安。他乡音不重，却不善言谈，声音轻柔到不像一个雷厉风行的刑警队长。案子大都年代久远，听了一个又一个案子，有现场感，却缺乏细节。当时我采访经验不足，也不晓得怎么问细节。

还来不及整理采访笔记，我又马不停蹄地奔赴河北石家庄，随十多家央媒在内的采访团深入时代楷模吕建江的老家及生前工作地采访。

写吕建江前，我咨询过公安部宣传局的带队老师，是写报告文学还是散文。她想了想，说：写吕建江的报告文学，有长的，有短的，你们干脆写散文或者诗歌吧。

我紧张的心顿时松弛下来，写散文是我的强项，这一关，我闯得过！

吕建江的事迹，可用的细节与故事多，但怎样才能另辟蹊径呢？思前想后，我将标题拟为《从支沙口走出的“叨叨警”》，从他老家支沙口窑洞门前几枝将落尽的梨花写起。我尽量用平和克制的语言，写太行山深处的支沙口，写他怎样走出支沙口，写他家门口的梨花与桐花再也等不到英雄归家……

那篇5000字的散文，被《法制日报》的编辑用了几乎一整版接纳。读过的人都夸我写得用心用情，我一时间也误以为公安题材难不倒我了。

忙完吕建江的稿，着手贾春宏这篇大稿。听录音，看采访笔记，翻材料，再开始搭架子。写报告文学我总是没信心，不像写散文那般信马由缰。在省厅截稿日期前，我不安地交了稿。

我被拉进一个群，是全国公安各路精英聚集的群——我这才知道省厅布置的任务，原是替公安部采写百佳刑警。各省交上去的稿子，听说绝大多数被直接毙掉，新换一批公安作家采写，我的没被毙掉是万幸，但退回修改。

第二次乃至第三次交上去的稿，仍被无情地打回来，说我的问题还是缺少细节。后来接到通知说，出版社将组织专家“会诊”，大家报名进京开会吧。我想，这关总是闯不过，真要进京讨教讨教。

10月下旬，中国人民公安出版社的会议室里，数十位公安作家聚在一起，聆听中国作协李朝全老师及全国公安文联副主席张策老师授课，最后，出版社的易老师约作家一对一谈稿、给稿子把脉。

轮到我时，易老师开口就是：瑞瑾，老乡好！我才晓得他是湖南人，他的和蔼缓解了我的紧张与戒备。他接着问，瑞瑾是写散文的吧？但你不觉得用散文的语言写报告文学，进入太缓慢，读者容易失去耐心吗？

看我似懂非懂，他继续指点：其实，你只需写好三个故事，一万来字，但一定要有细节。我急了：我的采访对象不善言谈，问不到细节呀！他笑了：还是那句老话，七分采访三分创作，你还是采访不够细致。回去重新采访吧。你能完成好任务的，你文笔好，只是语言转换的问题罢了。

我总算开雾睹天。

回湖南后，我几次约贾春宏，他总在大案要案上。我手头又有别的写作任务，便没能赶在2018年将稿子修改出来。

但这，不代表我会放弃。

几年前我就决心用手中的笔，多讴歌公安队伍，多绘写优秀同行。但我创作的报告文学，几乎篇篇达不到自己的要求——是我江郎才尽，还是有畏难心理？

写报告文学似乎是我闯不过的一道难关。这一关，于我，不仅是文字关，也是心理关，更是采访关。但我坚信，人生没有闯不过的关，写作亦如此。那么，我的当务之急，是尽快重新采访到贾春宏，刨根问底，补充细节，将这篇报告文学圆满收官。

想象着不久后的某一天，我终于顺利闯过了这道关，喜悦凝结在我的眉梢与嘴角。而漫漫前路的更多道关，我将更为自信地闯下去。

第四辑　人事年光应共惜

父亲的故乡

从记事起，我就发现自己家跟周围的人家不太一样，申姓在溆浦少得可怜，一家人口音也各异：祖母说邵阳话，父亲说龙潭话，母亲说大江口话，我们四姊妹说溆浦话。祖母说，我们的老家在邵阳。

我曾一直以为故乡是老家，是原籍。而溆浦，充其量算是我的家乡。这几年才弄清楚故乡的真正定义，居然是出生或曾长期居住，现已离开的地方。这就意味着，我以为的故乡，只是父亲的故乡。

上小学之前，我每年都陪祖母回邵阳市住上一个月。那时，人户分离不能太久，她还得回去取各类票证。

小学三年级写作文时，我用抒情的笔调回忆邵阳的广场、公园、东塔、邵水河及祖母住的东风路。我始终以为邵阳就是我的老家。

父亲调回县政府工作，我们搬至离县城更近的马田坪公社，母亲当年的工作单位。公社新建了一栋四层转角楼房，我家分到一楼的两间住房。

公家的九寸黑白电视机每晚吸引着大人和小孩。

我家隔壁住的是放电影的吴叔叔一家。他家里有《电影画报》《大众电影》，我迷恋上了电影《乳燕飞》里的娜仁花。十岁时，我还常独自跑到四楼露台，用手握拳当话筒，学着歌星的样子唱电影《泪痕》里的主题歌《心中的玫瑰》……每到夏夜，六十岁开外的祖母就搬出竹凉床，搁在家门口的空坪里。我躺在竹床上，数星星，看月亮，听田野里的蛙鸣，也听祖母讲古或谈老家。

刚搬到马田坪时，姐姐在安江读技校，两个哥哥在溆浦一中上学，我转学到了警予学校。两年之后，母亲调进城，全家住进县政府大院。从此，我成了同学戏谑的“衙门”里的孩子。

我跟母亲历来无话可说，与祖母却亲密无间。我喜欢缠着祖母打探家族往事。她先是提及一个地名——太平，说那是我父亲真正的老家。后来，又提到水东江。我有点失望，老家原来不是邵阳市！户口本的籍贯栏里，我与兄姊的，也确实都填写着“湖南邵东”。新中国成立以前，邵东没有独立成县，是邵阳东乡，我便释然，祖母说邵阳，也没错。老家到底是邵东太平，还是水东江？祖母却怎么也说不清楚，只记得我父亲老家挨着衡阳，那里有两大姓——申姓与曾姓。

没有网络的年代，一切关于老家的印象都源于祖母的只言片语。像无数碎片掉在风里，我试图一一拾起，再细心拼凑，可就是没拼出过老家的样子。

原来，祖母从没去过父亲的老家！父亲儿时随其叔祖回去给祖先挂过几次青（溆浦人说的挂青，就是扫墓）。

曾祖父两兄弟当年在魏家桥谋生。祖母的娘家就在魏家桥。魏家桥离西边的邵阳城很近，离东边的水东江也不过数十公里之遥。

祖母不曾抵达过的老家，那个叫水东江或者太平的地方，到底是怎样的模样？我在心里揣想了很多回。

家谱与故人

相比那些有传奇家世的人，我的家族没有太多值得书写的。可我，热衷于家谱，似乎并不单纯为探寻家族的传奇人物与故事。我好奇于父亲家族的发展史，惊讶于一本家谱就能把七八百年甚至上千年的家史一网打尽。所有的名字陈列在册，所有的关系纵横交错，在我眼里，它们并非没有温度的白纸黑字。

翻开家谱，等同于翻开家史。申氏在邵东已有三十多代。我这本家谱上，出过的传奇人物少，并没让我沮丧。在家谱里，不管尊卑贵贱，每个人都有自己的一席之地，每个人都可以去追溯自己在尘世间的真正来处。

邵东申氏，除了始祖和前几代尚有为官的，到了洪房我家这一支，留在水东江老家的，恐怕世代为农，最多做点小手艺罢了。就像我曾祖父是木匠，他的胞弟是货郎，家谱上都不会提及职业。只有得了功名的，家谱才不吝啬多几行字。

那次在 QQ 群里，水东江的族人夸赞我祖父是抗日英雄，我才再一次意识到祖父不该是我引以为耻的人。他抗日阵亡的事迹上了族谱，这在家族里，也算一件荣光的事。

用年轻的生命，用多少岁月，才换回一顶迄今未被国家认可的英雄的帽子，这是命运故意安排给我家的一出悲情戏吧！若祖父十岁不丧父，他可能不会好赌；若当年不好赌，他也不会瞒着家人替人从军；若不从军，他也许依旧是魏家桥的一介草民；若不碰到抗日战争，他未必会浴血疆场，让魂魄回不了故乡。

父亲终于在南京二史馆查到了祖父的档案。

祖父只是国民革命军里不起眼的一等兵，他与其他38位抗日阵亡官兵的抚恤令是蒋中正亲笔签发的。那年那月那日，他的肉体与灵魂永远留在了异乡，留在了宣城。我在想，他真的只是为了还赌债而瞒着家人弃牌从戎吗？他换上军装的那一刻，没想过当兵意味着什么吗？他可曾考虑过生离死别？

姐姐曾开玩笑，假如祖父当年没战死疆场，说不定也去了台湾，又何尝不是几十年生死两茫茫？

那个年代的男人或许有着连自己都不懂得的悲哀。祖父没有土地，没念过书，一无所长，只是一个年纪轻轻就得养家糊口的乱世遗孤。或许，单纯不经事的他，不曾见过世面的他，以为当兵可以养活他的妻儿，并未想过会打仗，也没有时间考虑生与死。

祖母去世的前几年，我娘家还住在溆浦县城夏家溪的两层砖屋。有一阵，总有一只像鹰的大鸟不定期地在我家屋檐上盘旋哀号。父母和我都不曾留意，祖母却每日心神不宁，暗自垂泪，哭诉祖父几次给她托梦，说他没有衣服穿，没有东西吃，没有地方住。

母亲为了宽慰祖母，托我大舅妈找了一个仙娘。据母亲说，仙娘看到祖母后，立即似祖父附了体。祖母事后描述，仙娘的声音一下子变成了祖父的声音，口音也从溆浦话变成了邵东话。“祖父”一个劲儿地责怪祖母：你们都不管我，不给我衣服穿，不给我房子住，我像孤魂野鬼……

祖母当场哭得不能自已。

母亲买来不少纸钱和冥币，陪着年迈的祖母，面朝北方，缓缓烧掉。

也怪，那只怪鸟从此没再来。难道真是祖父的冤魂穿越60余年，飞越大江南北，找到他的妻儿，请亲人帮忙重新安放他的灵魂？

2001年5月8日上午，平时心脏有点小毛病的祖母吃完早餐习惯性地躺在床上休息。给祖母买药回来的父亲从厨房的后门进屋，经过祖母的屋子，习惯性地在窗外喊了一声“妈妈”，她没应。父亲觉得奇怪，赶忙进屋，才发现祖母再也醒不过来了。

早晨祖母还在饭桌上耐心地哄我的儿子，他不肯好好吃早餐。我着急上班，得先送他去上学前班。我在一旁手足无措，情急间好像还跟祖母顶了几句嘴，祖母不吭声，低眉不悦的表情我至今记得。

秋姑与她弟媳从邵阳赶来戴孝了，常来探望她的外甥女和外甥来了。家里按照溆浦习俗请道士做了很热闹的道场，烧了很多纸屋。父亲说，列祖列宗的屋都烧了，从此他们都可以安生了。

我失去了我最爱也最爱我的祖母，那一直不算太平的娘家砖屋也开始太平。两年后，父母随我和姐姐定居怀化，毅然卖掉了住了15年的房子。

又是10多年过去了。每次梦到祖母，总是在那栋砖屋，祖母也停留在她84岁的模样。

族谱里的英雄

家谱上说，在邵东的一世祖朝奉公，字太管，号逸翁，生于南宋开庆元年（1259 年），己未年。他仙逝于元大德三年（1299 年），葬于邵东大竹山，享年 40 周岁。其他房的祖谱记载他活到八十几岁，但因年号不对，1995 年重修的通谱未予采纳。家谱又云，朝奉公是宋末元初自江西泰和县鹅颈丘迁往蒸水之滨的太平二都大竹山下先人屋，从此安居乐业。

我终于弄明白，曾经弄不懂的两个地名，太平是旧称，水东江是今名。

我陪父亲去老家那次，未来得及去大竹山。听说大竹山在今水东江镇中胜村的汪塘，我在电子地图上寻了又寻，找不着。族人告知，大竹山只是一座小山。有人从 QQ 传来大竹山的图片，上面有刻着“大竹山”三个字的石碑，有申家祠堂，有三世祖姑彩凤的墓，有族人祭拜祖坟的场景……

关于鹅颈丘，湖南 20 多个姓氏的后人都曾去那里寻根，因各自的族谱上都写着：祖先自江西泰和县鹅颈丘或鹅颈塘迁往某地。后人分析，这所有跟“鹅”字有关的指向应该是一个地方。因时代变迁，地名几经更替，现在的泰和也找不到这些地名。几乎所有去江西寻根问祖的人都在纳闷：为何从这里走出去那么多姓氏的先祖？这里缘何又容纳了如此多姓氏？

分析史料，不难看出，宋末元初，特别是明朝，政府组织了不少移民集中营，比如著名的山西洪洞大槐树、江西鄱阳瓦屑坝、湖北麻城孝感，又比如泰和鹅颈丘，因“江西填湖广”而自此集中分发至湖南各地。

但我们的老祖宗显然不属于明朝自江西填的湖广。

朝奉公率一干宗亲包括我的二世祖、三世祖、四世祖等，都长眠于大竹山。其妻萧夫人携一干宗亲安睡在鸬鹚山。族谱上写得非常清楚，萧夫人生了三子：长子试辅留在水东江，水东江繁衍的族人，都是他的后裔；次子试隆任贵州思南府婺川县（今务川）知县，他那房在贵州落地生根；三子试仁迁徙南京，子孙后代跟着落户江南。三兄弟各奔东西，自此天各一方。

试辅有四子，次子是大名鼎鼎的儒奎，女儿叫彩凤。这位儒奎，是我的三世祖，家谱上记载是朝廷钦定的荡寇英雄。而生于元泰定元年（1324年）的彩凤，骁勇善战，明洪武七年（1374年），为抵御陈友谅余党，回兵时误中埋伏，以身殉国，英名才得以上谱。不然，旧时的女儿哪有机会上家谱！

我的四世祖崇长公，沾父亲奎公的光，在明太祖登基后被封为宝庆卫总旗千户递升山右总戎，也算父荣子贵。五世祖是崇长的三子重隆，重隆的长子是我的六世祖才礼公；礼公的四子，即我的七世祖载洪公，在族谱的卷四十九闪亮登场。

至于我的八世祖是载洪公的三子添震，九世祖为添震的次子大兴，依此类推，到我父亲这一代，是第二十三代。

家谱上没有特别注明，最后葬在老家的，估计世代在水东江务农。

我父亲因特殊的身世，才成了异乡人。祖辈跨越了湘资沅澧中的三条河流，让我和我的家人成了沅水流域的子民。

那次，寻到邵阳申氏 QQ 群，真有了回家的感觉。聪明的族人已经不满足于纸质族谱，他们建立了一套科学完整的电子族谱，正招募义务录谱员录各房族谱。我被委派录手头拥有的《申氏创修通谱》卷四八及卷四九。卷四八玉裔系载洪长子添玉的后代，谱上人丁稀少。许多族人迁徙到外省，比如四川，不知所终。我家隶属卷四九“礼公位下洪房震裔”。共着七世祖的添玉与添震，600 年前还是亲兄弟。

树大分枝，再分椏，家族就如一株千年古树，根深蒂固，枝叶扶疏。宋理学家朱熹曾这样说过族谱：“移徙者书其地，流亡者入其祠，使生有所自，死有所归也。族类远近亲疏，皆得以联属之。”

而我，难免揣想，南宋灭亡时，我们的逸翁公只有 20 岁，他到底任过哪个朝代的福建副使？没有详实的史料备查。申氏二世祖，西去贵州婺川为官的，东赴南京自立门户的，那些同根生的宗亲后裔是否和我一样，也在追根溯源？

三世祖儒奎及妹妹彩凤的英雄事迹，一些民间史料、墓碑和族谱均有详记；而我的祖父正球，在二史馆的档案里叫正求，当兵的初衷是为了还赌债，但明知抗战初期从军生死难卜，他却义无反顾地跟着湘军走了。他不过是国民党军队 63 师 378 团 4 连的一等兵，忌日是 11 月 13 日，这是蒋中正签署的抚恤令里的记录，跟家谱记录吻合。可是我查遍了宣城地方志里的抗日部分，那场战役或许太小，没被提及，只描述了他死后三天日军再次发起大的攻击。

迄今为止，我 80 多岁的老父仍在为祖父的烈士身份奔波。湖南《快乐老人报》也曾牵线搭桥，帮助家人把祖父的档案从南京二史馆找出。他们报纸整版的专题报道中提到了这个细节。南京二史馆将盖章的复印件快递给了老父。老父拿着一份关于国民党军队抗战将士可以追评烈士的文件复印件找到溆浦民政局，请予帮助去省里申报烈士，可一年多过去了，还没有下文。我们安慰老父，算了，在心里，在家谱上，爷爷算英雄就行。老父却倔强：我图的不是物质补偿，我要的只是为你爷爷追回一个名分。

名分真的那么重要吗？祖父跟日军厮杀的日子，可曾想念过家乡的妻儿？饮弹身亡的刹那，是否后悔替有钱人家当兵？

驰骋疆场，或许是一些血性男儿的英雄梦。未当逃兵，血染沙场，为家族终是争了光。祖父是我曾鄙夷过的赌徒，却也是继奎公、彩凤之后上了族谱的英雄，他成了千千万万为国捐躯的抗日将士中的一员，在南京二史档案馆里留下了轻轻的一笔。二史馆的工作人员对记者说，他们资料库里只有 20 万人，抗战实际牺牲的国民党军队人数达到 350 万。可见，更多的抗日将士像夜空里数不胜数的繁星，成了寂寂无闻的英雄。

家族寻根

一世祖申逸翁因“宦湘”，也就是来湖南做官，最终择水东江为栖息地。水东江是典型的湘中乡野，属湘中的丘陵地带，有山有水。山不是崇山峻岭，河远非大江大河，蒸水河贯穿全境，蜿蜒东去。水东江镇的河两岸地势平坦，润土沃野，是邵东乃至邵阳市的东大门。

恐怕正是良好的地理环境，牵绊了一世祖的目光吧！他再也没离开这块土地，他在这开垦出申氏家族的新天地。申氏家族不仅成了这里的主人，子孙后代更是遍布世界各地，在外为官的、经商的不在少数，荣归故里的不在少数，旁系族人里光宗耀祖的不计其数。

赵钱孙李那些大姓，走到哪里都有他们的姓氏，就不如小姓，在他乡碰到了，更易心生亲切感。

一世祖自江西迁徙湖南前，到底来自中原还是哪里，族谱上并未书写。网上有说来自洛阳，有说来自南京，有将佘姓朝奉公隋唐时期自山西雁门经江西迁往邵阳的历史张冠李戴的。这些只是野史，不能胡乱附会。

都说宋末至明初，上百年的战乱，人民流离失所，很多姓氏的先人在无奈的逃难、迁徙过程中丢失了谱牒，自己的祖辈就再也无迹可寻。我们的申氏家族，也因此只能追溯到700多年前。好在，现在中华申氏都在提倡“天下申一家亲”。事实上，所有的炎黄子孙何尝不是同根生！

有人说，国史、方志、家谱是中华民族的三大文献。国家、地方、家族的兴衰荣辱，都在这些相辅相成的重要历史文献中熠熠生辉。

朱熹在为一本家谱作序中曰：“粤自天子，至于庶人，莫不有族，则亦莫不有谱。盖世殊时异，源远流长，纵横错杂，若水之万流，木之千枝，非作谱以属之，无以详其源而求其本，此有关于世道，而家家不可无者。故天子有玉碟，诸侯有年表，大夫有世家，世庶有谱传，此之谓也。”

申姓，自古以来为名门望姓，在百家姓里的最新排名仍居123位。历史上，列入《中国历代人名大辞典》的申姓名人达74人，《明清进士题名碑录索引》，共有37名申姓进士。年少时，周围同学偶然玩笑，你们申家有名人啊，申公豹！不谙世事的孩子，除了知道神话故事里的申公豹，哪会知道春秋战国时诸如申伯、申不害之类的名人？又哪能晓得孔子门生七十二贤中有两位申姓名人申枨、申党？我总是讪讪地答道：咱们老申家，不是有电影明星申军谊？

当年看小说，若看到小说里写到河北某地申家庄，也开心得什么似的，全然忘记那或者是作家随手杜撰；看到许多朝鲜演员也姓申，我同样充满好奇；在外地，碰到一个姓申的都感觉见了亲人；我在百度贴吧、QQ乃至微信群添加了不少本家的联系方式，不一定常聊天，但都把对方当作族亲。

申姓源出颇多，迁邵的这一支到底算哪一源？是姜姓的改姓，申伯的后代，北方朝鲜族、蒙古族、满族，还是南方傈僳族、彝族，或其他少数民族的改姓？朝奉公没有说，后人也寻不到源头。

春秋初期，西申国、南申国分别被秦国、楚国所吞并，伯夷、叔齐的后人以国为姓，据说，这是申氏的主源。我曾在河南新郑的黄帝故里广场上看到一棵“姓氏起源大树”，申、姜、向等姓氏同挂在“姓氏大树”上炎帝的某一枝，我夫君姓向，我告诉他，咱们都是炎帝后代，难怪有缘。他却一脸坏笑：你别忘了，你可是向申氏。

一世祖不曾将他之前的来龙去脉交代于后人，就像我常责怪祖母不曾把家族的点点滴滴告诉我一样。可是，我的祖母，我至亲的奶奶，只是一位未曾上过一天私塾，只靠放牛时去偷偷听课才学到一些人生道理的大脚女人。她一字不识，却出口成章；她美丽坚韧，却命运多舛。我常想，那早已没有祖屋可寻的水东江老家，族人指给我的那垄田，我的先人仿若还住在那里；族人说的那口塘，塘里一定曾有荷，有鱼，塘边总有嬉戏的孩童……当然，大竹山、鸬鹚山上沉睡着我无数族亲，我却几乎没有机会回到那里，回到那个有着申家祠堂“敦叙堂”的老家，趟一回哺育过我先祖及30多代族人的蒸水河。

我只有手中这本家谱，这本父亲说将来会传给我的族谱。我只能在这本线装、竖行、卷四八与卷四九合订本的族谱里，寻找族人的蛛丝马迹；在一个个人名和地名里，想象他们的面容，揣测他们的喜怒哀乐、爱恨情仇。我还会将他们一一录到更为科学的申氏家谱网上，不再害怕家谱遗失。

家谱里的绝大多数族人都成了一堆深埋在这山那山的白骨，可他们还能与故土与老祖宗做伴，不像飘零的游子，叶落都无从归根。有些族亲，因这样那样的原因不再生根发芽，有些族亲则继续蓬蓬勃勃地树大分杈……很多跟我年纪相仿的族亲，辈分低我五六辈，他们在网上亲切地唤我老祖宗姑婆，我讪笑，唉，你们那房发人快！

我是邵东申氏第二十四代生字辈。虽为女身，在夫君的家谱里也许就挂着：配，申氏。但是10多年前的那次修谱，我和姐姐、侄女的名字都堂堂正正地上了申氏家谱。我感谢夫君，怜我家几代单传，将我的儿子随了申姓。父亲欢大喜地学他祖父，在家谱上，让我儿子同时成为我家二哥的抚子，肩祧两房。儿子自小由我父母带大，喊他们爷爷奶奶，他在家谱上叫泰灵，必定作为申家第二十五代在家谱里延续他的子孙后代。

尽管放宽二胎的国策来得迟了些，我难免不幻想，若两位哥哥都还能再生个儿子，让申家的血统更纯正些，多好！这跟重男轻女真没关系。家谱，本来就是以记载父系家族世系、人物为中心的历史图籍。

如果我的祖父当年不从军，祖母说不定还能给我父亲生一堆弟弟妹妹，父亲就不至于如孤雁般流落他乡，申家这一房也可能枝繁叶茂。倘若历史真的可以改写，父亲就不必小小年纪投奔他的芝茂叔祖，就不会在溆浦生活、读书、成家立业，自然，也就不可能有我们兄姊几个了。我，更无从在这里，在这本薄薄的家谱里，寻找老家与故人的痕迹了。

懵懂与哀愁

九岁以前，我家住在园艺场。园艺场有橘园、西瓜地、花生地，也有篮球场、包扎场、仓库和数栋分散的职工宿舍楼。有时，还有露天电影放映。园艺场还有长沙、衡阳等大城市来的知青。我二哥总爬到马路边的梨树上偷梨，每次都被父亲拎到职工大会上，毫不给面子地“批判”：你是懒、馋、贪、占、变，全部占齐……我至今想着那些高高的梨树，那会儿的梨子也真好吃，品种很多。我成天猫在家里，不是缠着祖母讲故事，就是翻那几本快要被翻烂的小人书，那是知青解老师留给我的。

打小不爱扎堆的我，童年时期要好的朋友只有腊梅，就免不了被她强拖出去玩些无趣的游戏，比如跳房子啊，躲猫猫啊。哥哥们喜欢用弹弓去打鸟，或在地上弄几个小圆坑，玩玻璃弹珠。

有一回，腊梅拉我去捉迷藏，让我和英英躲，她和玲玲找。我和英英穿过晒谷坪，一头扎进英英家那栋砖楼里。那时的楼房大都三层，青砖或红砖。楼梯间塞满了杂物，英英轻车熟路地钻进去，我跟着往里钻，一头撞到硬邦邦的庞然大物，呀，我倒吸口冷气，慌忙问：这是什么？英英回头冲我嘘了一下：这都不知道？我娘娘的千年屋。

娘娘是湖南溆浦人的喊法，即祖母。她说不出千年屋的所以然。我慌忙跑出去：不玩了，不玩了。腊梅和玲玲几个刚跑过来，忙问：怎么了？我问：知道千年屋吗？腊梅摇摇头，她家老人都不住场里。我指着楼梯间，玲玲凑上去瞧，笑开了：这有什么呀，我家楼梯间也有，走廊上都有。

我奶奶怎么没有？我掉头就往家跑。

祖母是邵阳人，邵阳人称祖母为奶奶，跟电影里的叫法一样，我便有些优越感，觉得溆浦人土。邵阳是曾经的宝庆府，而溆浦县城只有解放街、东风街、西流水、水码头，更别说夹在马田坪农村里的园艺场了。

每年我都会随祖母回邵阳住上一个月，领一年的粮票、布票。再回园艺场，我就说一口顺溜的邵阳话，俨然城市人了。兄姊逗我是宝庆佬，我觉得他们是嫉妒，他们没出过溆浦。打小刻在骨子里的虚荣心，像特务一样，隐藏得极深，连我自己都不觉得。

我的小姨和满舅都在省维尼纶厂工作。厂里有学校，有幼儿园，而园艺场只有子弟学校，一年级到五年级刚好五个班。我们每天得走一段田埂，再爬个坡，右拐，才能到学校，而所谓学校，不过是简陋的院墙围起几间矮趴趴的平房。

我那会儿指望着当小姨的女儿，小姨年年给我买新裙子，妈妈从没买过。小姨只有一个儿子时，几次说要我当她的女儿，直到她生了二表弟“老扁扁”，我才明白，就我一个人当了真。

刚开始学写作文时，我竟然写道：我的学校是猪栏屋改的……这桩糗事从青年腊梅的嘴里复述出来时，我窘得不行，我哪还记得自己有这么生猛的童年。

园艺场的干部职工是有区别的，像我家吃商品粮，而腊梅家吃统销粮。那时我并不懂，那其实注定了我与腊梅不同的命运。

我跑回去找祖母问“千年屋”的问题时，祖母正坐在屋门口纳鞋底。

千年屋啊，就是我以后老了，要睡上一千年的屋呀！

英英说她娘娘有千年屋，奶奶，您怎么没有？

过两年，你爸会给我置的。

过了花甲就算老人，儿子就可以替老人割千年屋了，溆浦历来这么兴。祖父死时，父亲四岁；外公去世时，我一岁多。我第一次直面死亡，是十四岁那年的初冬。

严老师不再担任我们班主任，学校抽调他去下乡做辅导，他不幸染上“出血热”。那年代的“出血热”极易死人，他没能逃脱死神的追捕。

一帮同学自发去了严老师家，我和白莲也去了。他家在一中西边的半山坡上，与一中隔了一条马路和几畦菜地。山底有条小路，爬上去，通过打靶场，七拐八拐后又能从气象局、人民医院路口绕到街上。

低矮的砖屋门口搭着灵棚，几只花圈摆在一侧，记忆里的“千年屋”摆在中间，白莲说严老师躺在里边，我才弄懂它的真正用途。潦草简陋的它，像极了他戛然而止的一生。

少年的哀伤，绵细得像灵棚外的凄雨，那天，我甚至觉得太阳以后不会再升起。师娘搂着一对披麻戴孝的幼女，呆坐在冰冷的角落，我和白莲欲上前安慰，都不晓得怎么开口。严老师家是半边户，就他一个人吃公家饭。他不在了，师娘怎么办？小丫头怎么办？我们发愁着，却帮不上任何忙。

屋后的橘园深处藏着他的坟。每逢忌日，我和白莲会去他坟前坐一坐。有一年，她提到严老师的坟找不到了。唉，他坟上竟没立个碑。是谁说过，花果山上坟圈砌得气派的，都是后人孝顺给力；渐瘪冷清的坟，多半家里没了后人？我总觉得严老师的坟后来一定立了碑，他的女儿们都已中年，一定早过上了好日子。

古属楚地的溆浦，方言里保留了不少上古读音，生动鲜活。“割”千年屋，就是做千年屋。将俗称方子料的大口径杉原木锯割好，能拼成结实的棺木，一个人往生后的“永久”蜗居。

民间俗语讲：“七十三,八十四，阎王不接自己去。”迈过了七十三，就能高枕无忧地活到八十四了。若八十四又闯过，则继续长寿。2018年，父亲八十四岁，姐说，老先生今年好怕死。老先生是我们对父亲的爱称。

她说，外婆与祖母都卡在第二道坎。外婆是“损罐子经wang”（音同“往”，撞的意思），多年的药罐子，啥时走，家人都不意外。但从不生病的祖母，也被卡在那道坎，父亲就担心自己了。

鸡年除夕，父亲建议照全家福。正好二哥的前妻来接侄女，帮忙照了一张大合影。而千禧年的全家福，她在，祖母也在呢。

父亲吃完午饭就揣着一兜零食、端着一杯绿茶，去小区对面的麻将馆打牌。散场回家后，不时还帮三楼的我拿快递，或递进一把他种在院子角落的蔬菜。晚上跟母亲对手剥皮打“跑胡子”，天天赢母亲的钱。

丈夫讲，老先生爬五楼比我们还利索，这样子活到百把岁没问题。

大家心照不宣，装作这样的日子还很长很长。

十二月上旬，我忙得昏天黑地，好几天没上楼看父母。有一天，老先生来敲我家门，脸肿得吓人。他想让我陪他去医院。

我慌忙问：几天了？

三四天了。

怎么不早点告诉我们？

以为只是感冒没痊愈。

医生翻看他不久前的全面体检报告，说，身体没啥问题，老年人偶然脸肿，可能心脏或肝肾有点毛病，要不做个彩超、血常规与尿检吧。

刚出门诊室，他冲我直摆手，说不用检查了。

这可不能依着他。

检查报告让我稍稍放下心来。我想放弃即将启程的长沙培训，老先生不依：没事，你放心去。

到长沙第三天，接到丈夫电话，说老先生住院了。

那是老先生平生第一次住院。CT 结果出来，疑似恶性纵隔肿瘤。我躲在酒店房间里哭。姐姐半夜睡不着，在微信里问我：睡没？方便打电话不？室友睡得正香，我把头埋进被窝，打过去，轻声道：你讲，我听。不约而同地慌张与苍凉。

姐叹气，真是怕什么来什么。

偏舍的秘密

我家住过最大的公房是两室一厅，在县政府后院。临着民主街，民主街曾叫府后街。我读四年级时，全家住进政府大院。可没跟大舅妈家住上一幢楼。她家楼前曾是荷塘，每次踏荷塘小径进她家，是走在画里的感觉。我们家搬进大院时，荷塘早被填平了。

早两年，我陪父亲回小城，从民主街走过。他指着我家住过的楼说，那套房现在是老余的家。我记得老余，不是因为他曾守后门，而是因为他家二女儿玲。玲当年是二中校花，但美貌似乎并未带给她多少俗世的好处，她甚至没找到一份公职。有一年，在成了菜市场的民主街上，我与她擦身而过，人流中她的从容仍然惊到了我。若知我是她的小迷妹，她会不会也很欣慰呢？

老余早已过世，玲母在家开了麻将馆。我们走进去，几个老人起身：申老，身子骨还这么健朗啊！随后瞅见了父亲身后的我：这个不是燕子，是四妹子吧？

燕子是我姐，比我大七八岁。这些人皆为父亲的老同事。

每次见故人，我内心都会有小激荡，但总装得没事人一样。每回父亲提及哪位伯伯不在了，哪个叔叔去世了，我都夸张地鼓励：您看，您身体好，性格好，您的老同事都活不过您吧？！

祖母七十岁那年，我高三，举家乔迁夏家溪。那年头县城兴建私房，父母也举债建了一幢两层砖混楼房，四封三间带偏舍，我二哥设计的图纸，临着团结街。团结街被戏谑为“官府街”，机关干部的私房大都紧密团结在那一带。我家背后是李家坡。后院傍坎搭了高棚，盖了瓦，隔了墙。只不知啥时摆进一样显眼物。家人大概有意识地想捂住些秘密，可光靠几只编织袋和塑料纸是欲盖弥彰——黑，陈旧的黑，从几处缝隙间有意无意地钻出来。

童年的记忆、严老师家的印记，让我确认那是祖母的千年屋，也大致明白它终将带走祖母。奇怪的是，那时我是个小迷糊，生死于我而言是太沉重的话题，我也有意无意地躲避。但每回瞥见，有时也想起些故人，其中有娥，沉默的矮胖的团团脸的娥。

我在课间教芳唱《女儿情》，娥都在埋头学习。她是寄宿生，寄宿生和走读生不扎堆，像两个世界的人，我俩最多是在走廊碰见，才相互一笑。

七十几人的文科班掺杂了不少复读生，1988 年的高考也只考上几个。只有我的同桌湘，得过小儿麻痹症的湘，被保送师大历史系，最后成为博士后。那时升学率低，打架、谈恋爱的很多。同学们多年后聚会，总有人模仿班主任的腔调打趣：有些同学是否觉得，你们的爱情坚如磐石？

我个头高坐在后面，看不清黑板，索性上数学课涂鸦诗歌，上英语课架构散文。预考后，我成了待业青年。当然，那时三分之二的同学都没资格去挤高考的独木桥。

好多人选择了复读。父亲探我的口风，我大言不惭道：要复读，高中就不会混了。

1989年的预考还没开始，娥却喝农药死了！她不复读就只能回农村嫁人，她有个在一中当老师的哥哥，她给自己施加了太多压力。

一中都有连考七年的师兄，娥连预考都还没考，怎么就挺不下去了呢？

如果娥吃商品粮，她不至于寻死。

不晓得娥埋到哪个土眼眼里了。她好像都没谈过恋爱呢。

几个女生七嘴八舌，我眼前浮出的场景却是：她躺在一口薄棺里……

生命的长河总有新的浪花翻滚，属于娥的那朵浪花，早被时光摔得老远了。

入校三十周年大聚。高56班聚集两百多人回了一中。每班按原学号顺序打印出名单，竟有好几个打了黑框的名字。文科班的花名册上，娥的名字被框着，她的团团脸仿佛被框在里边。

猜不出年龄的“老屋”

那些年，一只野猫常跑进我家，它不敢从我家正门大摇大摆地冲，祖母常坐在屋门口晒太阳，它多少有些忌惮。不晓得它为何格外喜欢来我家，总从后院的下水道钻进来。起初是夜里溜进，发情时的叫声常令我误会是谁家孩子夜哭。到后来，大白天它也敢往我家闯，跟我，或跟走廊上的笼中鸡对峙，间或“喵”一声，窜进偏舍。它原本可能只想矫情地躲一躲，偏偏我们都装作没看见，它便无趣地从下水道一溜，瞬间没影了。

偏舍还养过两只小黄狗。一天，母亲捎信让我地坪的伯伯把狗牵回家。伯伯是我儿时的保姆，姓戴。在溆浦，管父亲的姐姐不是叫姑妈，而是叫伯伯。叫她伯伯，应是尊重她比我父亲大。我和祖母在空寂的团结街上，送出了差不多一里路，伯伯回头，逆着光，我看不清她的表情，只听见她说：四妹子，狗放在乡里好养，养大了送狗肉给你吃。我拼命地摇头，悲伤像电影插曲般悠长，只千叮万嘱：伯伯，养着看家吧，将来不准打了吃！

伯伯年纪大了，佝偻的背影被夕阳拉成长影，两只小狗是长影子旁的小影子，我的哀愁在夕阳中被无限放大，直至消磨在日复一日的时光里。

大概一年后，那天我下班回家，餐桌上摆着一大碗小炒狗肉。

溆浦小炒狗肉出了名的香辣，我喜滋滋地盛上饭，还没动筷子，却被一丝不安拽住了，随口问，今天买狗肉了呀？祖母瞄了我一眼，欲言又止，最后吞吞吐吐承认：你伯伯送来的。伯伯送的？我的筷子伸在半空，愣是没落下来，祖母的头埋得比平时低，她是大厨啊：嗯，就是我们家的狗。

啊——我不是跟伯伯说不准杀它们吗？

市场上的狗，乡下打来的狗，我照吃不误，大概是眼不见为净。没建立过感情，自是无情！但自家养过的狗，我无论如何伸不出筷子。

差不多有两年我不去地坪看伯伯。平时她逢人就夸，说她带了不少"儿儿货"（方言：小孩子），只有米主任家的四妹子，当她是自己伯伯，逢年过节去看她，还给她钱。

我没动那碗狗肉。祖母和母亲平素就不吃狗肉。只有父亲和二哥没心没肺地吃，还吃得很欢，弄得我眼泪汪汪，生了几天闷气——长长影子里的两个小黑点呢，我使劲揉了揉眼睛，再也找不见了。

没改道前的湘黔铁路穿城而过。我的婚房在铁路南边的居民点，是房产公司的公房。一居室的婚房住过他全家，也当过他哥的婚房。

长方形的院落，齐刷刷的四层楼，清一色的青砖木窗，回字形走廊，天井很大，居民身份繁杂。公厕在每栋楼走廊的尽头。走廊上方挂满滴水的衣裳，谁家吵架声音大些，至少半个院子都听得到。

门洞黑压压的，除了人、车一条通道，两侧挤着不少猜不出年龄的"老屋"，老人家"老"了以后的屋，即千年屋。溆浦人若说，谁屋里

“老”人了，就是说谁家老人去世了。“老”在这里是动词，“死”的意思。院子里老人多，常见着他们颤巍巍地进进出出。说不准，他们也不时去瞅瞅自己的“老屋”，担心被哪个调皮捣蛋的孩子磕坏。在外人看来，那不过是一堆发着陈腐气息的忌讳之物，而在老人眼里，那是能让自己安度晚年的定心丸。有了千年屋，他们甚至可以想象，百年后，灵柩在街头巷尾转一圈，再风光地上山，也算是人生中最后一次华丽亮相吧。

那时没有监控，丢这丢那，从没听说丢谁家的千年屋。大概贼也怕遭天谴——偷啥都行，偷棺材，不等于扒人家祖坟吗。

每次我都目不斜视地小跑过门洞，我怕那些阴森森的物，我只不怕祖母的千年屋。但孩子们不时爬到千年屋上打闹，不识也未想着要识是何物。我总共在居民点住了一个月，四周的脸孔还是陌生的，就住回了娘家。后来在婆家坐完月子，便连人带新房的家具，正式搬回娘家，丈夫笑曰，自己当了申家的上门女婿。我自此不必再经过那道门洞。

没出几年，居民点拆建成大型农贸市场。来不及认识的邻居和落满灰尘的棺木都散落各处，不知所终。

八十四岁那道坎

祖母坐在四方餐桌前，试图牵跑儿的手，声音柔弱：跑跑快点吃，听话……而跑儿哭声愈发大起来。我得送他去学前班，还得赶着上班，心一急，嫌祖母添乱，也顾不上斯文，冲着祖母嘟囔了一句：不要你管！祖母瞬间恢复了一贯的低眉顺眼，不再吭声——那是我见过多次的神情，在我母亲面前，在我外婆面前，皆如此。我有时都生气她干啥要像个小媳妇一样，明明是老申家的太上老君嘛。

一辆黄包车刚好经过，我连扯带拽将跑儿塞进去，原想回头说声对不起，又想着，下班回家再说吧，我是她最疼爱的孙女，平时也这样没大没小，她从不计较的。我哪会想到没隔两三个小时，父亲的电话打到了我办公室。

祖母没给我道歉的机会。

奶奶八十四了，桃子熟登（透）了，自己要落。大家都这么说。

祖母上了年纪后，家里常备救心丸之类，这个我一直知道。如今我总疑心自己遗传了祖母的毛病。好些个深夜，我在屋里读书读得睡意昏沉，可真关灯睡下，刚合上眼，咽喉的异物感令我呼吸困难……我会倏地摁亮床头灯：不行，不能这样睡去，会醒不转的！

害怕醒不转的毛病，年少和年轻时在家也犯过。常是暑期，大白天我在家昏睡，祖母跟谁在床边聊着什么，我好似也参与进去，但自己说不出话来，想醒来，却怎么也睁不开……

落下心病后，我担心吵到才睡下的丈夫，常不得不爬起来跑到客厅，拧开灯，才不再担心周遭有暗物袭击。祖母的面容，总隐在客厅一角的兰花架后面，她均匀的呼吸我听得清清楚楚，她总是焦急地看着我：四妹子，你才四十几岁，怎么就落下和我一样的毛病？

母亲退休后，把家务事揽过去，祖母就闲下来了，可仍会主动帮着干点轻活，还帮着带跑儿。我们两口子落得清闲，偶尔带孩子出去，同事和邻居还会逗我，你哪像妈妈呀，像阿姨！

有年清明，在祖母坟头，跑儿乍然冒出一句：小太太当年是不是被我气死的？我赶紧搂住他：瞎说，那时你还读学前班。他哽咽起来：我记得那个场景，不知为何我发脾气，不肯吃早餐，你催我，小太太哄我，我哭得更凶……后来，放学不是你接的我，是邻居。家里来好多人，小太太躺在客厅木板上，大家说她“老”了……

你那时六岁不到，怎么都记得？

我三岁时的事都记得。

咦，我五六岁以前的记忆怎么都是空白？

我带着跑儿走后，祖母回房小憩。父亲上街给她买救心丸之类的药。母亲买了菜，喂了鸡，浇过花，在厨房忙碌，就是没进祖母的屋子。

父亲回来，从后侧门厨房进家。经过祖母房间的窗口，习惯性喊了一声：妈妈！没听到回音，他觉得奇怪，马上拐进屋，发现再也喊不醒他的娘了。

二哥在父亲之前回到家，可能打通宵牌太累了，每天要到祖母房间报个到的他，那天径自上楼睡觉去了。

我赶回家时，祖母已被帮忙的女邻居净身，换上了寿衣寿帽寿鞋。

祖母平躺在床上，闭着眼，嘴里含着一块碎银，双唇微微合不拢。人死了，要“含口钱”。冥河上有船，亡灵渡河，得付钱给摆渡人，需口含碎银，算船费，否则没法过河。这是祖母讲过的，没想到我亲眼看到了。碎银，大概是祖母早早备好的吧，或许早已交代母亲搁在哪。

我以为自己会号啕大哭，但只是无声落泪。陪我进屋的亲戚慌忙交代：眼泪千万莫掉到奶奶身上！她会走得不安心，会在黄泉路上徘徊，没法投生……

我不愿相信她真的去了。她的手明明还软温着。她答应教我做猪血丸子，教我做坛子菜，那都是老家的口味；她更是答应过，等我新房子弄好，跟我到市里去住……

那天是五一长假结束后的第一个工作日，热闹的一家人头天才散开：丈夫回市里上班，姐姐回厂，大哥去市公司开会。没通高速时，开车走省道得两三个小时，溆浦是四等小站，每天没几趟火车停靠。祖母猝然辞世，所有人都慌了手脚。他们约好下午一起坐大哥的车回来。

白天家里就父母、二哥、二嫂，还有我。热心的邻居和母亲家一些亲戚都来帮忙了。

而四年后的早春，我一个人在云南游荡，归来惊闻楼上的钟姐驾车回靖州挂青，出车祸，从省里请专家来开颅才保住一条命；楼下的肖姐夜里洗澡闭紧门窗，一氧化碳中毒，等发现送去医院已经来不及，连夜被运回老家土葬。整个院子，都没听到议论。我是听丈夫说的，他是听顶楼的王局偷偷告知的——这种事，男主人闭口不谈，交道甚少的邻居也只能佯装不知，事后在楼梯口碰到，也只好笑笑，连问的勇气都没有，怕戳到别人的痛处。

小区是市局的办公楼、家属楼加几栋商品楼围成的小院子，从搬进来到现在，十五六年了，大部分人没打过照面，楼上楼下对门对户互不串门，认识的也只在院子里碰到时才寒暄几句。钟姐的房子卖了，肖姐家的房子是租是卖不清楚，只知道男主人再婚后住到新妻家去了，儿子读大学后没再出现过。楼上楼下都换了新邻居，却不知姓甚名谁。

而当年的夏家溪，邻里之间的亲密，是小城故事中最温情最普通的一页。

蒿里谁家地

父母、二哥及亲朋邻居都在忙前忙后，房间里只剩我和祖母，那个永远不会醒转的祖母。她一走了之，让我的心瞬间成了空城！

外婆晚年到溆浦也住过一两年，大舅家、我娘家。她去世头一年定居大江口的二舅家。临终前半个月半身不遂，全家老少轮守着她。二舅家人来人往，子女多孙辈多的外婆在热闹中溘然长逝。可祖母，只有我父亲一个独子，连死，都蹑手蹑脚，生怕惊扰了大家。

竖摆在堂屋神龛下的千年屋，突兀地成了灵堂的主角，漆是暗哑的黑，像沉默的再也拨不响的弦。真正的主角不要多久就得按时辰抬进去。屋外搭了灵棚。团结街非主干道，周边多为私房。因白事占着半边道，没人说三道四。来吊唁的亲朋像割不尽的韭菜。鞭炮声一响，我们得紧急集合，披麻戴孝跪地迎接客人。孝子贤孙每夜还要在道士的指引下，围着灵柩转灯，一圈一圈，无休无止。

转着转着，我的眼泪又会涌出来。

溆浦是兴哭丧的，等同于唱挽歌，说是从汉武帝时开始兴挽歌，百姓唱的是《蒿里》:“蒿里谁家地?聚敛魂魄无贤愚。鬼伯一何相催促?人命不得少踟蹰。”古时溆浦兴唱啥无从考证，传下来的习俗是边唱边哭，在哭唱中呈现逝者的生平事迹。

父亲是独子，我一无堂兄妹二无姑表亲，但姨表舅表多到数不过来。我和姐都不会哭丧，丽表姐会，无论在祖母还是大舅的灵堂，她眼泪说到就到，哭词汩汩而出……年轻时五官端正的她，眼见着成了邋遢妇人，揣着小聪明小伎俩在亲戚间游走，便素不讨喜。在祖母的灵堂上，她哭得再卖力，我都觉着假惺惺。

我的悲伤，是被锋利的刀生生地割去了心上的肉。

祖母先被抬到堂屋正中间，地上置一块门板，也是竖对着大门。我素知床不能对门竖着摆，只有死人才竖着摆。傍晚，大哥、姐姐和我丈夫到家，最后一个赶回家的，是大嫂。

姐姐在祖母的老式皮箱里搜到一张4000元的定期存折，还有用四块小手绢分别包好的零钱——我们四姊妹，她从不厚此薄彼，寓意保佑发财；存折留给我父母——祖母连自己后事都要出点钱！而她当年为了其母放弃工作，后为我父亲放弃回邵阳与老姊妹一样争取到退休工资，哪有一分钱收入？母亲家亲戚来拜年，讲礼数的硬塞红包给老人；再就是我们四个，逢年节和她生日会给钱，一般她都推辞，硬塞她也拿着，但每年她也给孙辈发压岁钱，打生日红包。

她邵阳老乡的红白喜事，我们几姊妹结婚、生孩子，她都要随份子，还笑称：取之于民，用之于民。她还常偷偷接济我二哥。二哥是家里的“老大难”，不安心工作，一门心思发财，曾因好赌而倾家荡产，帮他还过不少债的我们恨他是“扶不起的阿斗”，还“威胁”祖母，如果她再帮他，我们就不给她钱……

见到那张存折，一家人都惊呆了，父亲当场哭了出来。

大嫂对祖母感情也深——我那无可挑剔的祖母，女神一般的祖母，再不好相处的人说起她，都是说她好。这点，我没捡到祖母的优点，远不如祖母跟任何人都能处得好，倒遗传了母亲的不圆通。大嫂哭着往祖母身上扑时，我蹲在旁边，听到祖母咽下了最后一口气。从唯物论说确有些玄乎，但我真切地听到了她最后咽气的声音，并确定那绝非幻觉。担心嫂子的眼泪会滴在祖母身上，我试图拉开她，又不好意思明说。

封棺前，我绕过去看了几次祖母，知道再不多看几眼，以后就看不到了。

等灵柩被抬上城北的花果山，再搁进墓穴，等一铲又一铲黄土将它淹没，等到平地空起一座新坟，我才不得不承认，世间再无一手带大我的祖母。我成了被她遗弃在尘世间的“孤儿”。

父母卖掉了夏家溪的房子，随我和姐姐搬至市区。又几年，大哥也调到市里。再几年，团结街的户籍都注销了。溆浦于我，除了埋在花果山的祖母，似乎没了深切的牵挂。而每回梦到祖母，都在溆浦，在夏家溪的屋，祖母总是八十四岁的模样。

十几年过去了，祖母的左邻右舍愈发多起来，花果山俨然成了县城清明与春节最热闹之处。每年回去挂青，烧纸，插三炷香，重复那些话：奶奶，你在世不会打牌，多给你烧点钱，在那边学会啊，省得孤单。

爽约的阿婆

祖母去世没两年，阿公阿婆也置了千年屋，是夫家长兄从山里弄来的方子料，请木工来家里割的。阿公阿婆即溆浦方言里的公婆。

那时，夫家在城南有一幢四层楼的私宅，是公婆邀仨子女合建的。房子建好几年，我仍住娘家，兄姊也住各自单位里，二老守着空荡荡的房子。

千年屋割了大概没多久，公婆来了趟怀化。

阿婆"胃痛"好些日子了，挨着不肯去检查，那次实在痛得不行才答应到市一医院彻查，顺便来我新家小住。

周一去医院，CT 出了故障，只能做切片。姐陪去送午饭，我俩站在走廊上分析报告单，姐比我有经验，低声道：危险啊，你阿婆不会是癌症吧！我心一颤，阿婆刚满六十岁，不会的，不会的！两天后，确诊为胆总管癌晚期，转院至省人民医院。孩子他姑父正在那进修肝胆外科，其老师说，癌细胞已扩散，你们家来几个代表商量商量吧。火速赶往长沙，我只看到教授一脸凝重：建议保守治疗，若做手术，不能保证挨过春节。

阿婆出院那天是圣诞节，天阴冷，大家都装着很轻松的样子。阿公说，等你妈病好些，四妹子陪着去趟杭州西湖！我忙不迭地应着。阿婆蜡黄的脸上露出了笑意：要得，我这辈子就想去西湖看看。

一个病入膏肓的人，在硬卧将就一夜，陪同者没一个睡得踏实。可那时高速公路没通，更没有高铁，空调快速火车是唯一便捷的交通工具。

回到小城后，姐夫每天请护士来家给她打白蛋白。上海产的白蛋白，小城没得卖，每次由我从怀化带一批过去，冷藏在冰箱里。

阿婆像一片原本丰盈的叶子，眼见着，就枯了。

家里张罗着给她的新棺木刷漆，丈夫的四舅五舅忙着找墓地。阿婆每天卧床打吊瓶，不知外头的事，就像她临死都不知自己患的是癌一样。我把跑儿扔在怀化娘家，一头扎回小城当火头军。阿婆是没法进食的，全靠白蛋白吊着命，她的皮肤开始瘙痒，还不忘指示她的小儿子：要你阿娘给我抓痒！

其实，家里专门请五舅妈来伺候阿婆。但她明令：儿媳妇轮着端屎尿。

屎尿我都端了，挠痒算什么呢。

阿婆总在夜里被移到堂屋的躺椅上，我就开始工作。在昏黄的灯光下，帮她挠着背，我常想起祖母。小时我常给祖母挠痒，祖母属蛇，我还调皮地说，挠蛇皮噢！祖母从不恼，还老夸我挠得舒服。

而在一个从胖子瘦成"干柴"的病人皮肤上挠痒，好像踩在窸窸窣窣的落叶上，一些恐慌见缝就钻。家人陪阿婆有一句没一句地闲聊，我的手机械地在她背上挠着。我显然听到死亡迫近的前奏，也眼见乌云密布狂风乍起的生命长河，属于阿婆的那艘小船即将被风浪吞没。

我真正难过起来，也彻底原谅了阿婆的种种"不好"——她也就是嘴上逞强，她精明小气一辈子，省下的钱自己却用不着了。人哪，在生死面前，有哪件不是小事啊。

我们身体里是否也潜伏着不自知的隐疾？命运之神从不肯先透露答案。任谁，都得高一脚低一脚地走各自的人生路。

挨过那个年，菜花刚黄，桃花才粉，阿婆辞世。西湖之约终成空谈。后来我每次到西湖边，便想起那个没兑现的约定。阿婆若在，我一定已如约陪她走了苏堤，逛了断桥吧？

好几晚，我得代替体弱的嫂子和英姐，跟男人们一起通宵守灵。

有一夜，丈夫让我溜回楼上的地铺。我在半梦半醒间挨了一夜。

我喜欢用“挨”这个动词，总想起陈奕迅《苦瓜》里唱的：“开始时挨一些苦，栽种绝处的花。”人的一生，得“挨”过不少难挨的时光，挨的过程煎熬，挨过之后则似重生呀！

阿婆去世前几天，精神陡然好了起来，也能坐到院子外头晒太阳了。我同事有次从家门口经过，到单位说开了：小申的阿婆怕去不了多久，一身都绿了。他是在早春的太阳下猛然见到，阿婆黄绿的脸色着实吓到了他。

潜意识里我希望真有好转，更盼着是上苍跟家人开的玩笑，说不定哪天医生又宣布“抱歉，是误诊”呢。

家人催我回市里。阿公说，你妈这样，谁也算不到她哪天走，跑儿要管，你赶紧先回去！

我回家才两天，电话来了：快回来，妈快不行了！

我以最快的速度往小城赶。电话又至：妈没等到你……

火车还要十几分钟到溆浦站。

我又没赶上与亲人的临终告别，祖母不辞而别，阿婆等不及而别。

阿婆新漆好的棺木比祖母的气派，像阿婆往日霸气张扬的脸。

丈夫迅速失去了平日的强悍，眼神无助，我开始心疼他。他后来也玩笑：现在我只剩阿娘与亲娘了，你可要对我好。阿娘即老婆，娘喊老娘——溆浦男人的“三娘”说，足见情商。

听说阿婆临终时目光如炬，凌厉的眼神扫过每个角落，审视着哪个亲人没来送终。她肯定是遗憾的——孙辈都在学校上课，小儿媳也没赶上送终。那会儿，她剩下的全是对尘世的眷恋吧！

嫂子身体弱，受不了阿婆的目光，害怕病房里几近凝固的空气，偷偷躲进卫生间，但很快被阿公揪了回去。最后一刻，阿婆目光锁定老兄的一位同事，好一会儿才闭眼，把小伙子吓得不轻。

阿婆出殡那天清晨，大雨滂沱。抬灵柩的队伍是她地坪娘家的，为首者是我保姆的小儿子，我叫他三哥。因为我，三哥不准大家整子女，只计划好整阿婆的侄子侄女。这种“整”，实质为了热闹——走几分钟，队伍就停下来，表兄妹们得跪下去，一到有水坑的地方就猝停，一路只听到哄笑声……把白事做成喜事，是为了冲淡主家的悲伤吧。

国人的红事指婚事，白事是丧事。白喜事，原指高寿者的“喜丧”，阿婆刚过花甲，白事也做成喜事，可见中国人的豁达与通透。庄子就说过：“人且偃然寝于巨室，而我噭噭然随而哭之，自以为不通乎命，故止也。”逝者已逝追不回，生者好好活着，代代传承，才是生命最根本的意义吧。

本来，送葬队伍出门往左拐，离择好的墓地很近。但为了风光，右行，就在城南主街上转了一个大圈。那会儿县城还没禁放鞭炮，鞭炮声、锣鼓声怕是吵醒了不少城南居民，不过当年的小城，不时会遇到这种噪音污染——人之常情，也没谁计较，谁家没个老人呢。刚抵目的地，帮忙扛花圈的各路熟人将花圈胡乱堆在墓地附近，便速速散去，大家都淋成了落汤鸡，衣服上沾上了花花绿绿的颜料，得赶紧回去换衣服呢。

墓地选在城郊地坪。曾经的马田坪公社在那，我的出生地也在那。我母亲曾在公社当了多年的妇女主任。

马田坪早并至卢峰镇，地图上再也找不到这个地名。隔着数丘良田，婆母可以北望娘家人。她爱热闹，是谁善解人意地把墓地选到那？但选择有朝一日可能被开发的土地做墓地，也是一种冒险，家人说走一步是一步。

活着的人，生活得继续。四舅很快给六十岁出头的阿公物色了一个比他年轻十岁的老伴。阿公决意卖掉城南的四层楼。兄为二老买了一套两居室。阿公卧室终年摆着阿婆的照片，继婆母也习以为常——老年人搭伙过日子，谁去跟故人争宠呢！

房是亏着卖掉的，卖得很急，又是卖给远房亲戚。唯一的好处，是阿公那口棺材暂存原处，免得风吹雨淋。

阿公今年七十有六，每天在附近空坪闲地种菜，早已从一名退休干部沦为标准菜农。每次回小城看他，他都会准备不少无公害蔬菜让我带回，我满心欢喜地接着，后备厢塞满，他才咧嘴笑了。

熬不过的春天

祖母去世后，大哥也托人买了方子料。小城是兴长子帮备这些的。

父母离开溆浦前，将两口棺材寄存在花果山大舅家的偏舍。我担心过，父亲理由简单：棺材是进财，又是亲人，有什么不肯的。它们就在大舅家安生了好些年。

早几年老先生突然宣布：我和你妈商量好了，百年后葬在怀化。我很惊讶：市区不可以土葬啊！他口气很硬：火葬，给国家省点土地。

千年屋怎么办?

卖掉!

姐告知：大舅家那几年不顺，怕是担心棺材晦气，借口要翻修偏舍，让另寻寄存处，可溆浦哪有地方寄存啊！老爸一定是经过了激烈的思想斗争才下的决定。

千年屋处理掉了，买到的熟人捡到一个大便宜。

老先生说自己一个战争孤儿（其实他还有娘呢，只是娘当年被迫改嫁），能在叔爷爷的抚养下读了些书，参加工作，给娘送了终，八十多岁了还帮其父争到了烈士身份，一生足矣。

他真不在乎他的千年屋了，那一刻我确认了父亲的真实想法。

眼瞅着父母年过八旬，我们寻思着去哪买公墓。

最终在殡仪馆的后山看中一座双墓，视野开阔，也够热闹。老先生去看了，争着掏买墓的五万多元钱，他说这个不用儿女掏。

殡仪馆的主任跟在老先生后面：你老爸步履还蛮矫健，买了墓地，肯定延年益寿。我还特意让本命年的老先生穿上红。谁料买了公墓才一年，老先生忽然病了。一生病就是大病，让人欲哭无泪。

正好我签约了公安部文联的全职作家，不用再坐班。自长沙回来没几天，父亲出院，我每天上五楼陪他。

狗年除夕即2019年立春，我骗他：我俩都熬过本命年了。等清明，我陪您去邵东挂青，怀邵衡高铁通了，回老家只要一个多小时。

老先生摇摇头：怕是等不到了。

立春后，出了两天日头就开始极寒。老先生的声音一日比一日嘶哑。

白天昏睡，晚上睡不好。他不敢睡。有天他竟反复道：没得搞场了！我慌忙鼓励：等您生日包个大红包给您。他笑得真勉强啊，还是那句话：怕是等不到了……我好怕他这样说，他怎么能灰心呢。我甚至怕姐深夜打电话来。还好，每天早晨上楼，他都好好的。

挨过几天，他召集子女围拢，要姐拿来纸笔，他要交代后事了。一桩一桩。最后交代骨灰盒不要买贵的，普通的就行。像交代别人的事，平静得如一泓水。无论子女怎么善意掩饰，都瞒不过冰雪聪明的老先生啊！

普通的骨灰盒，是他将来的千年屋？它将盛着他的骨灰，跻身小小的公墓。他在那儿孤寂地等着母亲吗？

可能交代了后事，老先生的情绪日趋稳定，每天努力进流食，要我泡的茶喝，还要我喂猕猴桃。

正月二十五，姐姐做了丰盛的晚餐，大哥定了一个水果生日蛋糕。

丈夫私下数落，以前老爸生日你们都只给红包吧，没见谁给买蛋糕。都等到要失去了，才赶紧来弥补。我没话反驳，他没有说错。

烛光下，四代人的生日歌声里，老先生的微笑是由衷的。那双手，也在无力却努力和着歌声打节拍。

之前他不肯去医院，是怕“老”在外头。生日第二天，他终于肯住院了，还故作轻松地跟我说，这是我的最后一站。我慌乱中反驳：没这回事！住阵子医院，天气暖和，你就康复了。

千年的屋

多年以后我才知道，溆水南岸的马田坪，考古出不少战国秦墓与西汉墓。

不由得想起我10岁时住过的马田坪公社。从新公社去公路上，得经过一家砖瓦厂。有个场景过去30多年了，我始终印象深刻：一根白骨，躺在一堆新松动的黄土上，旁边是一排排砖坯。砖坯似沉默的士兵，白骨像要跟我说话……

我正好瞥见，差点魂飞魄散。那个年纪的我除了恐慌，不会想到追问白骨的主人是谁。邻居早跟祖母提过，那一带是旧坟场。更小时，我跟兄姊走夜路去五七干校看电影，得经过山门垅的坟场。他们总吓我坟里有鬼。到后来，我夜里不太敢出门，怕碰到鬼，实在要走夜路，我也会挤在人流中间。我抱着侥幸心理：有鬼，也不会先抓到我。

那些旧坟场跟出土的古墓有无关系，黄土下有无早已腐朽的“千年屋”，是我近年才思考的问题。

看过一则新闻，说省城一位考古专家掘到自己的祖坟，五味杂陈。

网友却不买账：你们掘人家祖坟就掘得？

毕竟，挖祖坟，在中国古代，不管官方还是民间，都是大逆不道的事。

挖祖坟，分盗墓与考古。盗墓给古墓带来的是毁灭性的破坏。考古则是政府行为，是希望通过考古，超越时空，与古人交流，破解历史的真相。

历史的真相在不断出土的文物中隐约，各种学说各执一词。解开一个个历史谜团时，不可避免地会惊扰到一些“千年屋”。武陵郡、秦国黔中郡，跟溆浦都扯得上关系，《涉江》里一句“入溆浦余儃佪兮”，说的是自大江入小河前的屈原，对溆浦是荒凉还是世外桃源，有了迷惑。而他到底流放溆浦多少年，至今没个权威说法。

中国历朝帝王都指望能在金丝楠木棺材里睡上千年。可惜，慈禧太后在里头睡了不过20年，面容还如生时一般就遭孙殿英疯狂盗墓——她的“千年屋”并没有庇护她千年。

1938年深秋，祖父抗日阵亡于安徽宣城，跟多如繁星的为国捐躯的抗日将士一样，尸骨没法还乡，更是无从拥有属于自己的“千年屋”，哪怕一具极简的杉木棺材。

好在，宣城总有一抔黄土掩埋过祖父。那里可能已成良田，抑或盖起了高楼，祖父的遗骨早已与黄土融为一体，最不堪的结局，无非像我当年遇见的那根白骨，袒露成空旷无边的孤独。

庄子曾曰：“吾以天地为棺椁，以日月为连璧，星辰为珠玑，万物为赍送。”

祖父是不识字的粗人，“以天地为棺椁”，于他，显然是被动的。和成千上万血洒疆场的士兵一样，他是不得已以天地做了棺椁。60多年后，祖父托梦给祖母，哭诉自己魂荡异乡，没房子住，没衣服穿，就说明他渴望魂归故里。祖母哭哭啼啼，母亲不得不请仙娘。仙娘变成了我祖父的邵阳口音，哭诉的东西跟托梦无二。我怕祖母自责，还劝她：谁让他瞒着卖壮丁？这都是命！

母亲替祖父做了法事之后，祖父平静了，祖母平静了，家里也终于平静了。

在祖母的葬礼上，父亲替列祖列宗包括祖父，烧了一座座华丽的纸屋，那是虚拟世界里先祖们的千年屋。祖父想必终于等到了祖母。只是他先行太久，还认得白发苍苍的祖母吗？

刚立春，民政部就批下了祖父的抗日烈士身份，颁发了证书。父亲心愿已了，祖父也不再愧对妻儿了吧。

我和丈夫将来也会买双墓，紧挨着做伴，间或也拌拌嘴。

我们故去之后的清明，想必跑儿都会携着后人来吧。他们会在肃默的花岗石墓碑前，点三炷香，放几束菊花。

我们将安生在各自的“千年屋”，牵挂尘世间的后人，笑说世间种种好，怀念温暖与爱，历经的欺骗与出卖，我们将绝口不提。

故地寻梅

那次父亲讲，想去园艺场探望生病的老同事。我提议一起去，他去探故人，我们寻故地。

园艺场变化很大——马路两旁的高大梨树早无踪影，橘园依旧。从破败不堪的包扎场过去不到一百米，就到了场部。左拐进去，几幢陌生且不规整的私人楼房将我们迎了进去。办公楼还在，对面的知青楼还在，逼仄的球场让我的童年记忆一时间断了片。印象中它更空旷些——六岁时，我曾在搭成舞台的球场上唱歌，唱的是“小汽车呀，真漂亮，真呀真漂亮……”球场还多次充当露天电影场。每次放电影，住场部办公楼的我，总是多搬个小凳给腊梅占位，腊梅是我的发小。

阿伟指着我家住过的办公楼一角说，楼上，我家住过。

我家搬走三年后，他随母从新疆生产建设兵团迁来。我笑：可惜不在同一时间段，不然从小就青梅竹马了。

当年的家门口有一公用的自来水龙头，办公楼仅有的几户在那拎水洗菜洗衣裳。我常被隔壁刘姓大姐姐的老公喊进屋，他喜欢拉二胡，让我伴唱《手拿碟儿敲起来》。她家窗外是被我祖母开垦出来的一小块菜地，一只叫“花花”的小猫曾被我和二哥埋在那，我俩给它竖过一牌子“花花之墓”。一位解姓长沙知青，当过我哥的老师，她特喜欢我，返城前在走廊上送给我不少小人书。

每年花生丰收时节，大人们收了落花生，总有些没拾干净，兄姊就带我去地里捡拾“遗落”。花生地在河边，我总是惧怕迈过田埂，像上学后始终惧怕跳高一样。很多夏夜，我像跟屁虫一样，央求兄姊带我翻越小山岗，跨过坟场，去五七干校看电影……那些场景，腊梅在不在场，我都记不得了，也问不到她了。

在我更小的时候，住在知青楼的刘叔结婚，娶了一个好看的龙潭知青，他的新房在二楼的筒子间，我跟着闹洞房，嬉笑打闹声犹在眼前，而刘叔早已过世。他早年离婚，女儿小名胖子。后另娶妻，不如前妻貌美，却给了他笃定的生活。我与他还有过数年的同事缘。

在篮球场碰到一老熟人，我不记得是谁了，姐姐与他寒暄，他陪着往里走，去职工宿舍的小路边，有一簇红山茶。刚走到花树跟前，我正打听腊梅的消息，一朵茶花“砰”的一声倏然落地，凛然娇艳，恍惚间，我看到了少年腊梅的样子。那人顿了顿，说，腊梅疯了。

疯了？怎么会疯了？

她妈那时也有点疯病啊。

印象中陈姨留着短发，我没见过她疯癫的样子，只是，她有时笑得跟常人不太一样，走路也有些一步三摇。

腊梅也够惨的，她父母都去世了。

不就是她爸去世了吗？

她爸去世了几年后，陈姨也去世了。腊梅的疯病就更厉害了。她不时背着老公回场里。有次回来，把她弟家的线路全剪断了。

终于打听到腊梅，却是她疯了的消息！我眼里的园艺场已破烂不堪，园艺场没了腊梅，我来寻什么故地与故人呢？

蜡梅

那次从园艺场回来，我起过心去找腊梅，但也就是起过心罢了。

若非两年后的元旦，在橘子洲见到两株蜡梅，我差不多把腊梅遗忘了。

我当年的摘抄本里，抄过正月梅花、二月……之类，我生在腊月，对应的是蜡梅花，从记事起，我就感觉与她、与它都很有缘。

只是，年少时在书本上认识的诸多花草，在漫长的岁月里，能不期而遇的，始终不多，大多数停留在字面上的悬想。

这些年，怀化市区公园里有了梅林，一些小区里也有了各种梅，我才真正得以与普通的梅谋面。识得蜡梅，则在2016年元旦的橘子洲。还没见到花树，便先闻到花香。清冽的明香，是霸道而又袅娜地撞进我心的。

在蜡梅的冷香中，我用单反相机的微距模式拍着花朵。它如蜜蜡般晶莹剔透的模样，令我想起了童年的腊梅。

九岁之前，我生活在县城往西、溆水南岸的园艺场。园艺场夹在人民大队与横岩大队之间，都属马田坪公社的地盘。我和腊梅都是园艺场子弟，只不过她父母是双职工，我只有父亲在那工作。

人与人之间的交情，都不是无缘无故的，与她的发小情，大概源于我父亲与她外公的交情。小时候我并不知这段渊源，腊梅也没提过。如今想起童年，我只能记起园艺场和腊梅，这也实在令我纳闷。多年后，我捋清楚了，她外公在“文革”前是县委副书记，我父亲是其部下。“文革”期间，他们一起被下放到园艺场。

新中国成立前，她外公在沅陵老家有媒妁之言的发妻，即她亲外婆。新中国成立后，他挣脱包办婚姻，与洞庭湖边来的进步学生周姨结婚，又生了一儿一女——解放初期，很多干部都这样。外婆留在沅陵，舅舅在沅陵工作，外公将腊梅的母亲陈姨接至溆浦，安排到园艺场当了一名工人。

这直接注定了我与腊梅的童年是捆绑一处的。

我记事晚，六岁以前的记忆几近空白，很多年，我都只能在白纸黑字里，嗅着蜡梅花的清香。

入学记

1977 年秋季开学，那一届园艺场的学龄前儿童多。腊梅邻居夏家的四妹子小我几天。她被年龄卡住无法入学，夏叔便专盯着我，扬言若不准他家四妹子入学，申四妹也莫想上！父亲把我喊到张场长的办公室，张伯伯对我说，申四妹，你明年再读一年级吧！我起了哭腔：奶奶帮我书包都买好了呀！他继续做我工作：你是干部子弟，要起模范带头作用。

我横竖是上不成学了，晚一年就晚一年吧，只可惜不能跟腊梅同学了。我连夜跑到腊梅家，把做不成同学的事告诉她，她当时说了什么，我怎么也想不起来了……要想在记忆的长河里打捞年少时的碎片，早已不是一件容易的事。

次日开学，二哥带着隔壁罗会计的宝贝儿子星星去学校了。我正想着心事，罗姨跑到我家：申四妹，星星跟江平去学校了，你帮我把他找回来，好不？

我像骤然接到了圣旨，忙不迭地往几里之外的子弟学校跑。自己当时的真实心态，是想去看看腊梅怎么入学，还是希望有奇迹发生，我已经记不清了，总之，我发疯似的往学校奔。之前哥哥带我去过学校，在人民大队，穿过橘园，越过萝卜地，跨过小溪，一座不起眼的平房三合院，是当时的子弟学校，后来才知那是借用马田坪公社的。

露天走廊和教室屋檐下塞满了跟我差不多大的孩子，轮番上场数数字，考官就是我喊“大姐姐”的邻居刘老师。她父母跟我父亲是邵阳老乡，她是回乡知青，能歌善舞，便被安排在子弟学校当了老师。

如今过去了四十多年，这个场景我倒记得清楚：我在人群里晃来晃去，名为找二哥和星星，但潜意识里，是否希望被大姐姐发现呢？大姐姐果然发现了我！她黄鹂鸟般的声音飞过来：四妹子，快来数数字！我既惊又喜，她莫非以为我是来报名的？我并没指望奇迹发生，只赌气想着，解老师和姐姐早教会了我数数，我数给你们看！

腊梅挤在一堆孩子中间，正冲我笑呢！她的微笑给了我莫大的勇气，我开始摇头晃脑地数起数来，刚数到一百，大姐姐笑了：停，去那边领书吧！

不是不让我读书吗？看来大姐姐不知内情，我有些窃喜。腊梅走过来：快点，我陪你去领书！我俩人小鬼大，不动声色，内心有些狂喜，我们终于能做同学了！

星星最后还是跟二哥一起回家的，我和腊梅在归途中笑得花枝乱颤，连路边的野花野草也替我俩高兴。父亲下班回家，看到我正摆弄新课本，一脸愕然，我做无辜状：罗姨让我去找星星，大姐姐喊我数数字，我一口气数到一百，她就让我去领书了！父亲想了想：算了，木已成舟，我去跟你张伯伯解释。

就这样，我跟腊梅成了同学，夏四妹还是晚我一届。夏叔是否生了很久的气，不得而知。我也是这几年听姐姐讲起，才了解这段阴差阳错的故事。我也想过，若罗姨不派我去找星星，我定然是第二年入学，我的人生大概是另一番光景了。

成长中的疏离

腊梅当了班长，我当了文娱委员。我们终日秤不离砣。

她个头一直比我高一点，杏仁眼，鹅蛋脸，成天浅浅地笑，话不多，眼神有些忧郁，衬托我的娇气与天真。读二年级时，学校搬了。每天早晨我经过她家，约她一起上学，一起爬那道长满地木耳的山坡，再经过教工宿舍，进入被树木遮蔽的平房小院，上课、做广播体操。

三年级第一学期写作文，我写学校是猪栏屋改的。青年腊梅当笑话讲与我听。

腊梅从不喊我大名，她喊我申四妹。

父亲调回县政府，我家搬到母亲当年工作的马田坪，离城里又近了些。我插班进了警予小学，读三年级。

阿伟小学毕业前20多天，自新疆转学到腊梅的班，和我间接成了同学。溆浦一中嫌园艺场的男生调皮捣蛋，轮到腊梅这届，就一概拒收，成绩再好的园艺场子校学生也只能进二中。

我在一中，从腊梅那知道阿伟，他当初却不知道我。高中，阿伟考进一中，与我对面仍不识。腊梅继续在二中读高中。后来我与阿伟成了夫妻，也确是冥冥中的安排。

腊梅父亲舒叔叔是种植能手。橘园承包到户后，每年深秋，他都会挑一箩筐桃叶橙、蛤蟆林及脐橙到我家。厚嘴唇、大眼睛、黑皮肤的舒叔，是个憨厚质朴的汉子。腊梅除了皮肤随父，长相还是随母。一直隐隐听说陈姨精神上有点问题，但我觉得她神志还算清楚。她的确略有异常，讲的是软糯的西南官话——沅陵话，笑得有些诡异；有时前言不搭后语，按溆浦方言说，就是有点“广”，这个“广”字到底是怎么写的，我不清楚，大概是不靠谱的意思。

腊梅偶随舒叔来送橙，我俩便能寒暄几句。这一送就是20多年，直至2003年夏天，我父母定居怀化。那时不通高速，我就再没吃过腊梅家的橙子，也再没见过腊梅及她的家人了。

我俩应届都没考上大学，我不肯复读，招工分至偏僻的山区，待了两年半才调回城。腊梅到山里看过我，踌躇满志的腊梅那会儿在长沙读美术中专。我也满心期待她能冲出去，圆她的美术梦。

没多久，传来她写生时出车祸的消息。我俩再见，其伤已愈，只是人中处有隐隐疤痕。她愈发沉默了。正处于青春期的我，对身外事提不起兴趣，又怕触痛她，联络也就日渐稀少。吃统销粮的园艺场子弟，招工招干轮不到，除了考学，考技校是另一条出路。她妹就是读技校分配了工作，而她执意读的是自费中专。

我性格上的硬伤，是平时很端，看似随和，其实被动，对方不主动示好，就别指望我会热络，哪怕由此慢慢生疏，我也不会在意。我和腊梅的情谊，也就渐渐剩下空壳。

我俩相继成家，来往祝贺的是双方父母，我俩都没想到要去参加对方的婚礼。每次，我都是从舒叔那儿打探她的消息：她老公是一中的体育老师。她也生了儿子，还当过裁缝……

千禧年前后，她在城中市场盘了成衣摊位。我的新单位离市场近，有一次我心血来潮，决心去找她，陪她说说话，就在市场一家家地找，在靠边摊位找到了她。她貌似惊喜我的到来，眼睛里闪过一丝光芒，很快又黯淡下去。整场见面，我问一句，她答一句，她浅笑着，眼神忧郁，我粗心到没觉察到任何异常。

临走前，我还表态，以后常去看她。她也是含笑不语。我以为她对我没了情谊，自觉无趣，工作又忙，就没再去看她。紧接着，阿伟调怀化，孩子入学、生病……每周，我得两头跑。

定居怀化后，我与溆浦日渐疏远，也与腊梅愈发疏离。

偶尔也想起她，也不过想想而已。

有一天父亲提起，腊梅父亲去世了。我惊讶不已，他那么壮实！年迈的父亲说不清所以然，说是受了伤，不知怎的就去世了。

我也只惊讶了一下。

那年回溆浦，我特意绕去城中市场，腊梅的摊位早已易主。

其实，若有心打听，动用溆浦的人脉，不会找不到她。可我不知怎的，从没去找，一直挨到听说她疯了。

危房里的贫困户

我不知怎么形容向长青的家，与其说是房子，不如说是棚子。若非他的邻居告知，我甚至以为是谁家废弃的杂屋或猪圈。村里多为两三楼的砖房，差的也是旧平房，就他家显得格外寒碜。年久失修的平房靠些水泥砖糊弄成一座所谓的小院，中间的外墙露出一点破旧的红砖。门口靠几根旧木梁撑着，胡乱搭着些雨棚，房顶也是青瓦、红瓦和塑料瓦混搭，墙边胡乱码着些干树枝柴火。

邻居帮我从远处的地里找回了向长青。他蓄着花白的山羊胡，平头，矮个，模样周正，翘鼻子，抬头纹很深，猛一看像个特型演员。他招呼我在门口的长凳上坐下。我跟他边核对资料边交谈，得知他61岁，本是外乡入赘的上门女婿，前妻20多岁就因病去世，后来好不容易娶到现在的老婆，外县人，智障者，不会说话。第一任岳父岳母都是他送的终。

他的哑妻更矮，左眼有点瞟，在一旁冲我傻笑，露出一口黄牙。邻居插话，别看她又哑又傻，帮他生了个好儿子！说到他儿子，向长青的神情活泼了，说儿子17岁了，可惜不爱念书，初中一毕业就去浙江打工了，但目前只能打黑工。

他脚蹬一双烂胶鞋，穿一件破旧的黑工作服，右上方还挂着胸牌，露出“深圳”两个字，衣服敞着，里面没穿背心。我有些心酸，委婉地问，下次我带点旧衣服来，你嫌弃不？他忙说，哪会嫌弃，村里人也时不时给我旧衣服呢。

当地村民一般家门口都打有摇井，他家没有。其实他打过一口井，出来的水是浑的，喝不得，只好在邻居家挑水吃。我围着他的屋子转过一圈，从一处空隙望进去，确实看到方寸小院里的一口废井，井边有两棵树。

次月，入户登记产业奖补情况。他是低保兜底户，不用登记。我专程去了他家，带了几大包旧衣物。

进了他的屋，进门两张横竖挨着摆的木板床，不知睡了几十年。右侧的床该是他儿子在家睡的，床上胡乱堆着些衣物。我问，衣服怎么不放柜子？他不好意思地笑了：家里没柜子，就这一间睡房，还有间杂屋。我在里屋待不住，到侧门口，拿出些衣服要他妻子试，她一脸的快活。邻居逗她，拿着大拇指夸她，你穿上去漂亮多了！她喜滋滋地摸摸衣裳，又望望我，对着向长青伸出小指，又对我竖大拇指。邻居笑，她在怨他不给她买新衣穿。

告辞时，他执意留吃午餐，说家里养有鸭子，杀只给我们吃。哪敢麻烦他，我们赶紧道谢走人。

又去，已到深秋。他的哑妻在家。邻居喊她：上次给你送衣服的公安来了！她闻讯奔出来，跑近我，亲热地拉着我咿咿呀呀。邻居说，她认得你哎，早两年她都不认得人！向长青又是从地里被找回来的，他还帮外出打工的邻居做着几亩地，可以多挣些粮食。我说，这次是帮你来注册社会扶贫 App 的。他有些不知所措，反复搓着手，说，村里以前发过一个手机，从没用过。我要他找出来充上电，我给充点话费。他跑回屋里，在床边的矮柜抽屉里找到一张纸条，上面写着个手机号码。我拨过去，打不通，问：确定号码没错？他说，是这个号码呀！我想，一直没缴费，估计手机号过期了，只好将情况反映给单位的驻村扶贫队队长。队长说，年前单位会给贫困户每人赠一个手机，预存200元话费，到时就能帮他注册了。

再入户，他家屋前的芭蕉树叶子已破败，几只鸡在树下觅食。这回，他和妻在家。他站在芭蕉树下怯怯地问，听说对贫困户有危房改造的扶持？我说，有的。你儿子将来要成家，是得起个新房。邻居说，他家这么困难，还有村民不服气他被评上呢！我惊讶了，难道还有人想当贫困户？

近日参加某县的文化扶贫。在山寨公路边，数栋一模一样的三层楼拔地而起。村支书说是给异地搬迁的贫困户住的，有40多套。我问，住进去要收钱吗？她说，人均25平方米，每人收1000元。有三居室，也有一居室、两居室。

那会儿，我想起向长青的家。2018年是推进扶贫攻坚的农村危房“清零”年，听说，他家也快住上新房了。

那些散落的少年时光

跑儿初中毕业了，他拿毕业照给我们看，说这是谁，那是谁……他爸讲，大家都请你写毕业留言，就你一个人不买留言本，你会后悔的。跑儿不吭声，他现在自然是不懂的。

我们那时流行毕业留念册。

我进初中是1982年秋。那会儿正风行日本电视连续剧《排球女将》，小鹿纯子是初中小女生的偶像。学校组织了女子排球队，我不善体育却报名参加，并因此而寄宿，每天早起晨练，力图有朝一日能打出像小鹿纯子那样的"晴空霹雳"来。中国女排那时已是第二次夺得世界冠军，国人对排球的热衷不亚于如今孩子们热爱周杰伦呢。

那个年代不知道网络为何物。初中生除了读书、读琼瑶，就是追风靡一时的《排球女将》《霍元甲》《陈真》了。

初二，我们班出现了"霍元甲"。"霍元甲"不是别人，是我的发小白莲。她是教师子弟，圆脸，大眼，白皮肤，留齐耳短发，清秀端正。但狮子座的她凭借内敛的霸气、优异的成绩，坐拥一干铁杆姐们。不知从何时起，她自封“霍元甲”，好友自封其妻“云英”、情人“倩男”、哥“元武”等。我虽初长成，却有意无意想抹掉身上的女性特点，在这类游戏里，我从来不充当女性角色。偏偏这个节骨眼上，班上一个顽皮的男生盾扬言他是霍恩弟。这还得了，霍恩弟可是霍元甲的父亲！这下班上热闹了。盾个不高，浓眉大眼，结实，大我们一两岁，显得老练帅气，加之家里条件好，他身边也有一群“喽啰兵”。

白莲是女孩王，盾是男孩王，两王较上了劲。初中女生大多伶牙俐齿，哪能让白莲受这等“侮辱”，男女同学大吵了一架。平时就划三八线的男女同学，关系闹得更僵。

班主任严老师不得不专门紧急召开了一场班会来调停此事。

后来电视上播《陈真》，不知谁将班上一个学习好的男生取名陈真，笑人家家穷，穿得差。又把“小大人”女班长兰封为阿香，维护她的学习委员欧阳就无辜地被扣上了“阿福”的帽子。

班上有个叫燕的女生，初一时就一米六几了，黄白的小圆脸、丹凤眼、樱桃嘴，说一口标准的普通话。她来自桥江军用机场，父亲是飞行员。

那时，学校的机场子弟有好几个，多为女生，也或者我们只关注了女生。可能是遗传基因，她们个个端庄美丽，都操一口部队普通话，在南方小城的中学里就分外扎眼。

燕文静内向，大我们一岁。可能嫌我们是小屁孩，不太跟我们玩，跟班长兰走得近。女生便集体不太喜欢她。可只要她生病请假了，她同桌的黑小子、外号 Thursday 的辉保准坐到她的课椅上做自我陶醉状。教师子弟军也喜欢她。有一次晚自习前，他的两个邻居白莲和瑛，一人穿运动衣、一人穿运动裤，在讲台前学军和燕的口气疯疯打打。而我等一干“男人婆”坐在台下哈哈大笑，顺势偷瞄尴尬的军与燕……

现在想来，是严老师特别照顾燕，使得我们产生了排斥心理。事实上，严老师也喜欢我跟白莲，我俩作文都好。严老师是个心细的人，发现大家的心思似乎有些野，便挨个儿找学生谈心，我当然没能幸免。红砖楼林荫道上师生的一番谈话，我至今记得——

班上女生怎么都孤立燕？

都觉得老师偏心。

老师怎么偏心了？

我埋着头，玩着手指，半天才冒出一句："老师觉得燕漂亮呗，家是机场的。"这时，老师笑起来："原来为这个啊！你回去照照镜子，你哪里不漂亮了？你也是一个很好看的女孩啊！"

我对燕从此友好了。在她念完初二转学前，我特意去百货公司挑了一本绿色笔记本送她。

初三时，我们换了班主任。严老师被抽去下乡巡回指导教学，得了出血热，住进县人民医院。闻讯后，几乎所有的同学都去医院看了他，但他还是没能挺过危险期。我跟白莲去看师母，他家墙上的相框里，有我一张一寸标准照。望见的刹那，我泪如雨下。

严老师被埋在学校对面的山坡上，离他家不远。直至高中毕业，我跟白莲每年 12 月 9 日都会去他的坟前小坐。白莲母亲曾笑我们，老师在世时，跟他顶着来；老师不在了，都这么怀念了。我俩无言以对。多年以后又去那里，山坡上植满橘树，竟找不到老师的坟了。

是老师的英年早逝，让年少轻狂的我们瞬间长大，按白莲多年后一句玩笑话讲，是"放下屠刀，立地成佛"——我们变回了乖乖女。

懵懂成长的岁月早已尘封，如今孩子也长成翩翩少年，才深觉人生的不可复制以及时光的飞逝如电。

那个丹凤眼的燕早已为人母了吧，不知道她在北方过得好不好。

在那些胡闹却单纯的少年时光里，燕的模样是我一直的珍藏。每年同学聚会笑谈往事时，大家一次又一次地笑话军，军也一次又一次地承认那时确实朦朦胧胧喜欢燕。但军总是迷惑，你们到了高中怎么突然全变成淑女了？

我和白莲全都浅笑不语。

当年跑儿转到迎丰路小学，正好分到老乡萍的女儿丹丹任班长的二班，丹丹乖巧俏丽的模样让我觉得面熟。很久我才想起，丹丹的眉眼跟当年的燕何其相似！仔细想来，我们那时大概真是有点嫉妒燕的安静、早熟和美丽，只是自己浑然不知罢了！

外婆的窨子屋

溆浦大江口犁头嘴，是我少时每年寒暑假必去的地方。那时，外婆还住在那里。

犁头嘴在沅江和溆水的交汇处，因地形像个犁头而得名。

外婆住过的街，叫江口下街。记忆里的街道，跟后来在黔城和洪江古商城见过的差不了多少。

姐姐小时就跟着外婆生活，一直到小学毕业才回到父母身边。而我自生下来就一直随着父母生活，一大家子经历了无数次的迁徙，最后才扎根怀化这座城市。

印象里的江口下街，有外婆住过的吊脚楼和窨子屋。很多年后，我才问明白，为何外公外婆在下街没有自己的祖屋。外公以前是镇上大户人家的少老板，是读书人，个头颇高，英俊儒雅，长得像达式常。他乐善好施的美名一直传播到现在。20 世纪 30 年代中期，一场大火烧掉了外公的房屋，他还因此惹上一场官司，下街原有的几栋产业都变成别人家的了。迫于生计，外公当起了屠夫，常给穷苦街坊赊账，有时连钱也不收。新中国成立后，外公还做过夜校老师……

外公外婆心肠好是出了名的。外婆当年给叫花子盛饭都是去锅里盛，从不给剩饭。

虽然家道中落，甚至变得清贫，外公外婆的七个子女都争气，相继出外工作。只可惜，外公没有享到儿女孙辈的清福。他去世时，我尚在襁褓。姐姐说，也真怪，外婆年轻时都照过相，偏偏外公没有，以致家人提起外公，我只能在姐姐的描述中想象外公的模样。

我年幼时，外婆还住在沅江边的吊脚楼里。她和几个街道老太轮流值守着一个杂货摊子。外婆负责时，摊子就摆在她家门口。所谓杂货摊，各种东西都有，尤其是吃食。姐姐说，她小时常趁外婆不注意，偷苹果吃。那时节，苹果是多金贵的东西。我也记得，每次去大江口看外婆，我都能吃到她亲手做的油炸锅巴，还有她的拿手好菜——豆角腌。当然，我还会跑去买下街的碗儿糕……童年记忆里，最鲜美的小吃当属江口下街的碗儿糕了。

后来，吊脚楼的房主落实政策返城，政府退回其祖屋。外婆就搬到斜对门已充公的窨子屋的二楼。我那时才晓得吊脚楼并非我外婆自己的屋。我慢慢长大，外婆渐渐老去，杂货摊子也不见再摆了。

窨子屋的后院有一口奇怪的井，通向屋后的小江（溆水）。平时井水清澈见底，但碱水重不能喝，邻里都来井里挑水洗衣洗菜。一到下雨天，小江涨水，井水也就跟着成了浑水，要到天晴才会转清。

晚年的外婆是幸福的，儿孙满堂。起初，她喜欢一个人住在窨子屋，每天不是在东家打牌就是在西家玩耍。我上高中后，有一年去看外婆，邻居告诉我，她可能在某某家。外婆见到寻上别家门的我，笑着说，我打完几把牌啊！才意犹未尽地带我回窨子屋。在窨子屋二楼一间满舅住过的房间里，我翻到不少他和当年在湘潭上班的舅妈之间的恋爱信。我趁外婆不注意，偷偷地一封封拆来读；我还在房间里寻见母亲年轻时在杭州开会的集体照，照片上的母亲秀丽苗条，比父亲嘴里“一般”的长相出众很多。外人都说我跟年轻时的母亲有点像，我就无端地发起愁来，我老后，也会是老妈这个样子？

再后来，外婆更老了，儿女们不再放心她独居。她离开窨子屋，开始在每个子女家住上一阵子。我娘家当时是宽敞的两层楼房，我刚结婚那些年一直住娘家。外婆来我家住时，祖母健在。祖母只有父亲一个独子，外婆有七个孝顺的儿女，她的幸福总让祖母好生羡慕。母亲几兄妹对外婆一向言听计从，外婆老了以后变得极为爱唠叨和任性。我依旧黏着祖母，这让外婆看不顺眼，经常找碴儿说我。娇生惯养的我受不了她的唠叨时，就跟她顶嘴。外婆就老跟我先生一本正经地开玩笑：阿伟啊，四妹子不懂事，你要多帮助她啊——直到现在，他还时不时“鸡毛当令箭”，学着外婆的口吻批评我，而后得意扬扬地宣称，这可是外婆的托付。

84 岁高龄的外婆临终前一段时间半身不遂，孝顺的儿女们轮流去大江口镇的小舅家伺候，大家天天陪着她玩“跑胡子”。去看她的亲友络绎不绝。她过世时，小舅家非常热闹，好些我不认识的人在外婆灵前痛哭流涕，哭诉当年外婆时常接济他们。下街的老街坊自发跑到外婆灵前来烧香……外婆生前爱打牌，舅舅们特意在棺材里放了副崭新的字牌。

出殡那天清晨，浩浩荡荡的队伍从新镇出发，孝子贤孙一路跪拜，重新经过上街、下街，直至犁头嘴。再坐大船逆流而上小江，把外婆埋到对江的高山腰上与外公做伴。

经过上街和下街时，几乎家家户户在门口上着三炷香，为外婆送行。毕竟外婆在街上生活了几十年，外公外婆有一世的好人缘。

自此，下街、犁头嘴以及窨子屋就淡出了我的视野。

花开富贵与素面冰心

整理书橱，又看到这幅《花开富贵》。

那年，旅行云南。我们一行在石林景区的一家餐馆匆匆午餐。大厅里，两个着白族服装的姑娘向就餐客人竞拍一幅牡丹图。旁边一位男子正埋头作画。

“30 元起价！”吃饭的人似乎都边吃边看着，无人吭声。到最后，眼见流拍，我站了起来，说，我买了。

我跑到台前，付款，接画。那位三十大几的画画的男子抬头跟我道谢。我听出了他的湖南口音，赶紧说，我也是湖南人。他笑道，那是老乡啊。我轻声说了句“谢谢你的画”，便转身回到桌前。

才坐下，同事们七嘴八舌地评价，画是蛮便宜的，人家也难得画啊。

心里有些酸楚，于是，沉默不语。

10 多年前，省里来了位书法高手，本地书法界的能人们得以聚会。那时，我家先生还在做新闻记者，有位书法家请他去帮忙做采访。我呢，刚巧周末从小城赶往市里。先生怕冷落我，便让我随行。我第一次见识一群书法家聚在一起，都在兴致勃勃地挥毫泼墨，看得我眼花缭乱、心潮澎湃，但压根不敢开口求字。

不知是谁暗示我，还不趁机索字？于是，我怯怯地提。所有的人，竟然都满足了我的要求。那天，满载而归。我把所有的字都送至铁北一家裱画店装裱，珍藏至今。

后来，我又陆续结识一些书画家，当中可能就有当初给我写过字的。他们大都有着体面的职业。许多上档次的茶楼都给他们备着幽静的工作室，有宽大的画案，一沓沓的宣纸……他们可以随时去那里，端杯普洱，或切磋技艺，或现场挥毫。

我家里也收藏了不少书画作品：有书画家主动赠予的，也有好友转赠的名家作品，更有喜欢舞文弄墨的文友挥毫相赠的。我都会欢喜而虔诚地接受并珍藏。这些书画水准如何，书画家有没有名气，于我而言，都不是那么重要。

那年早春，意外收到一幅名家的墨荷斗方，4 平方尺，被告知当时市值 5 万元，按他现在的润格费，只怕得 10 来万元了。我当时心里就有些颤颤兢兢。

至今还能想起画家铺开宣纸前，转过身问我，你想要我画什么？我想都没想，脱口而出，墨荷。

看过他太多的墨荷和墨兰，我都喜欢，但总不能贪心到两样都要啊。

何况荷，始终是我的最爱。

画家转回身去，思忖片刻，便下笔，只见笔墨间有股气息在飞速地游动，不一会儿，一幅鲜活的墨荷跃然纸上。彼时，他身边还站着几个看画的朋友，都故意逗我，这幅不好，你别带走啊，要他另外给你画一幅。

我只是笑，不作声。

下决心花几百元将之镶框装裱，跑去朋友推荐的墨庄。店家问我要什么框，我不懂，便打电话问画家，该配怎样的框，怎样的衬底？他告诉我，他喜欢白绫，配的实木框。

有一天，到下午快下班时间，装裱店主来电，要我速去取画。并道，你这是好画，裱好了就取走，万一丢了可赔不起。我只得赶去墨庄，付了 390 元走人。取完画，扛着画框站在迎丰路旁，半小时拦不到的士。不时有路人来跟前瞅瞅那幅墨荷，问，哪位名家画的？真好看！我始终笑而不语。

好不容易拦住一辆的士。司机一路上向我打探这幅画。目送我下车时，也还是羡慕的眼光呢——我便明白，有些写意画，外行人看热闹，也大抵能体味画里饱含的深意吧！寥寥几支墨荷，确实比彩荷多出一些不用言传的韵味。

画的题识是“素面冰心最可人”，当时我站在画家的身后，又是默默不得语。

这些年来，“素面冰心”天天在墙头向我颔首，我也开始喜欢上涂鸦墨荷。

只是，我有时会突然想起云南那位卖艺的湖南老乡。

画“花开富贵”的他，不知如今富贵了没有。

挂青

在湖南，山间田野一垄垄的油菜花，丘陵地带随处可见的李花，会早早传递春的讯息。而每次上花果山，我总能看见两株粉桃花，一株开得正好，一株已只剩残花与新叶。

这10多年来，上花果山，都是去给祖母挂青。溆浦人说的挂青，就是扫墓。今年，将近一个月阴雨霏霏，正应了“清明时节雨纷纷”，而“路上行人欲断魂”恐怕不是挂青的常态了。如今挂青等同踏青，缅怀先人的同时，也去山野里寻些春滋味。

南方很多地方是“正清明”挂青，所谓的正清明是4月5日。而在溆浦，清明那天是不挂青的，要不是3月下旬开始，要不就是清明后了。

有人说，要想在小城一天之内遇到很多故人，要不等清明，要不等春节。确实，每年回溆浦挂青，总能在花果山上遇到不少久违的旧人——有些出外多年，或在京城，或居上海，都能在寺庙通往坟山的黄泥路上偶遇，望见彼此沧桑的脸，大家往往会停下来，寒暄几句，关系好的，还要约聚一番。

父亲今年84岁，平日健步如飞，这阵子他不时说腿痛，挂青就不让他去了。3月26日，久雨后的第一个晴天，我们一家三口和姐姐、大哥大嫂回小城，上花果山。

跑儿的父亲跃上坟头，熟练地挥刀除草，插白色串纸，嫂子说买了五串，一家一串。大哥在周边扯除长深了的杂草。姐姐和大嫂蹲下来摆“道头”，即瓜果、白酒、煮熟的鸡蛋、腊肉之类，再开始烧香烧纸。我也蹲下来帮烧纸钱，笑曰，祖母不会打牌，就拿着钱在那边多买些好吃的吧。

跑儿呆呆地望着祖母的墓碑，不知在想些什么。我递给他三炷点燃的香，快给你小太太许个愿吧，她会保佑你的！他忽然叹了口气：我都10多年没来了！这么多年我一直内疚，觉得小太太是被我气死的。

我惊讶地望了跑儿一眼，他一脸凝重。

2001年5月8日早晨，我等着送跑儿上学，一向乖巧的他无缘无故闹着不吃早餐，祖母坐在饭桌旁，轻声哄：跑儿乖乖听话，快点吃噢！跑儿还是啼哭，我情急间对祖母嚷了一句，扯着他就出门打车往学校奔。

那天上午10点多，父亲打电话到办公室，哭道，你奶奶去世了！我恍恍惚惚奔回了家，握住了祖母尚有余温的手。那些时日，祖母每天上午习惯性地躺在床上休息，她心脏有些小毛病。那天上午父亲去药房给她买常备药。回来时习惯性地喊了一声“妈妈”，没听到祖母回音——为此，我在心里自责了10多年，万万没想到跑儿也在心里自责了10多年。我和姐姐、大嫂齐声安慰他，跟你没关系呢！你小太太当时就84岁了，老人家说走就走的，她是无疾而终。

跑儿这才安下心来帮他父亲到坟头挂纸。

当年，我父亲特意选择在花果山大庙背后的山坎上葬下祖母，让她每天能远远地听到诵经声与寺庙的钟声，也许正是她来不及交代的遗愿吧！老家邵东早没有五服以内的亲人，祖父早年又抗日阵亡尸骨留在异乡，她纵使葬回去，又能依伴着谁？她旁边的两座墓，是一对老夫妻，夫先亡，妻随后，后辈将他俩葬在一块，也算是生死相依了。

异乡的游子可以春节不归，但清明前后基本都能归乡。满山遍野的白色串纸飘摇在春风里，不正是争先恐后地告诉旁人，插着串纸的墓主人都是有后辈的，每年都会有人来挂青的。

每年的清明时节，是花果山最热闹的时刻！而每次来，总能看到一些新添的坟，不免心有戚戚。不知这里住着多少小城的熟人，越来越多的老熟人在这里重新汇聚，越来越多的后辈开始每年爬一次开着两株桃花的山路。再过些年，等我故去，我的后辈每年会去看我吗？我长眠的某处，有不知名的花草相伴吗？附近会安睡着一些生前的熟人吗？

我们这一代基本上只生一个孩子，等到可以再生，年龄已经不饶人。我们的后辈只会越来越少，墓前终归越来越冷清。等及我永别尘世，我的灵魂是否也会在每一个山樱绽放的春日，开始心潮澎湃，期待着至爱的甚至不曾谋面的亲人款款而至？

入药的藕节

我的家乡湖南溆浦产藕，当年买藕，只能整根整根买，而怀化市区不同，卖主会按买主的要求掰断一节节藕，再将两头的藕节削掉，净菜上秤。

南方一年四季都不缺藕似的。有一年初，每隔一天，我得去一公里之外的迎丰市场寻新鲜的藕节。

第一次去，我在藕摊前磨蹭了很久，最终鼓起勇气跟摊主说，能不能到您这儿找些藕节？老板看了我一眼，噢，你随意拿。我如获至宝地蹲下拾散落在地的藕节。只听他问，你找藕节干啥？入药。他不解，这个可入药？嗯。他递过来一个干净塑料袋，拿这个装吧。

我把藕节送到香洲路上的春和堂，那里每日熬着不同的中药，其中有一罐药，自那天起就等着我的藕节。郭医生告诉我，你这藕节可用两天。我赶忙讲，我每隔一天去捡一次。

要配新鲜藕节的药方，是当年 80 多岁的老郭医生开的。之前，一直是小郭医生开。因为吃了一周药，病人只控制住了血尿，尿蛋白还是两个加号，小郭只得电话请教他远在黔城的爷爷。

那会得天天吃中药的，是我刚满10岁的跑儿。

跑儿7岁前很少生病，从没进过医院。2002年暑假快结束时，他随我到市里探班，还参加了我同学老五的婚礼。跑儿在婚宴上大吃特吃基围虾，从我这桌吃到他父亲那桌。周日晚他随我回县，没见异常。周三我下班回家，我爸说，你看看怎么回事，跑儿这两天无精打采的，今天大腿上还出了血点。我“哦”了一声，被蚊子咬了？爸说，不知道啊，给抹了皮康霜，没见好转。你要不明天带他去医院看看？

那时我工作忙得“翻跟斗”。从孩子出生起，父母就帮我带孩子。我偶然带孩子出去玩，人家总玩笑，你哪像个妈呀，完全像个阿姨。我也乐得清闲，孩子怎么大的都不知。

我问他，你哪儿不舒服？孩子耷拉着脑袋：一身酸痛。

我忙给他爸打电话：跑儿一身酸痛，腿上有红点。他爸讲，可能是跟我去健身房玩累了。我问，要不我带他去县人民医院看看？他沉吟片刻：周末你带来，我们去三医院小龙那看看。小龙是我们高中同学，市三医院的大夫。

挨到周五晚带跑儿去市里。周六一早，小龙帮忙挂了一个西医门诊号。医生一诊断，过敏性紫癜。我们闻所未闻。医生说，找不到过敏原，先弄点药吃，观察两天。问，最坏的结果是什么？他答，要不肠子出血，要不变成紫癜性肾炎。

怎么突然得了过敏性紫癜？会不会基围虾过敏？他那天吃了很多！他爸摇摇头，不会吧？他以前又不是没吃过。我说，难道是前一次我忙，你把跑儿带到怀化，天天带他吃盒饭，餐馆的油不好？他说，睡吧，别胡思乱想了。明早去看中医，我朋友峰的妈在怀仁坐诊。

次日一早，我们去家附近的怀仁大药房。峰妈说，中药里配点犀牛角试试。两天过去，犀牛角磨粉还没磨完，孩子不见好转。峰妈也急了：

去医院做个尿蛋白检查吧。

我们就近去了市一医院，检查出来是紫癜性肾炎，尿蛋白两个加号。才两天，就发展到紫癜性肾炎了，当即住院！主治大夫说，这病查不出过敏原，靠打激素。

一周后，孩子病愈。出院当天，是他 7 岁生日。我们带他去影楼，拍出来的照片前所未有的胖乎乎。

医生嘱咐，孩子至少得休学一年。可二年一期最后一个月，他爸看到孩子恢复不错，将他放至县三完小插班，让其姑母帮他补课。

二年二期，他转学到市三完小。我和姐都装修了新房，父母随姐住。我和他爸像呵护玻璃人一样，不给他学习压力，不给他报特长班，定期带他去医院复查。他看起来完全康复了。我们逐渐放松警惕。孩子常赖在我姐家住，要跟外公外婆一起。

两年过去了。一个周日下午，爸急匆匆将跑儿送回：他脚上又起红点了，会不会是老毛病？我和孩子爸慌了，急忙带去医院。尿蛋白三个加号，血尿。

住回儿科。新的主治医师口气沉重：这回是肾炎复发，恐怕激素也无济于事，先治一周试试。我俩天天在医生值班室翻厚厚的医书，心慌意乱。一周后，尿蛋白两个加号，血尿下不去。主治医师无可奈何：要不出院吧，找个老中医看看。

我联系了在省中医院工作的发小白莲。她说，这个年你别打算在家过了，做好陪儿子来住一个月院的准备吧！

没两天，姐姐的老同事紫烟打我电话：听你姐说跑儿得了肾炎？你去香州路的春和堂找找郭老医生。当年我女儿也是肾炎，住院没治好，别人介绍了郭老，他给治好的。

春和堂离我家不过百余米，以前常路过。病急乱投医，总比大过年的去省城住院好。

坐诊的是二十大几的年轻人。一位中年人忙前忙后在里间煎药。

我问，郭老医生呢？中年人道，我爸去黔城我弟家住去了，要过一阵子回来。我儿子现在坐诊，是他爷爷一手带出来的，省中医学院毕业。

原来他是郭老的儿子，大家都喊他郭医生。

一周后，跑儿的血尿控制了，尿蛋白还是两个加号。郭医生说，不要紧，这周要换药方了，我儿子专门打电话找老爷子问诊。新方子要配新鲜藕节效果才好。

我着急了：我不可能天天买藕吃，到哪找藕节？他笑，怀化卖藕兴削掉藕节卖的，藕节一般不会马上扔，你去要，都肯给的。

我硬着头皮去迎丰市场寻藕节。等第二次、第三次去市场，卖藕的中年人每次都将藕节用塑料袋装着，一见我去就喊，藕节帮你捡好了。

吃了一周老爷子开的中药，跑儿的尿蛋白总算恢复正常。老爷子有一次回市一医院女儿家小住，让孩子去把脉。药方每周在调整，藕节似乎没停过。一次孩子的病情有反复，我们还找车跑了趟黔城。老爷子帮跑儿把脉，宽了我们的心：无碍，再巩固一阵子，应该就能彻底好了。

这一巩固，差不多10个月。

多年后跑儿承认偷倒过药，实在喝怕了。说，我只倒过一两回药，知道药贵，妈妈找藕节也辛苦。

其间，我去南京晋督培训一月，找藕节的任务由我母亲或我姐接棒。那年秋天，郭医生说，老爷子说药可以停了。

时隔10来年，我实在记不住到底捡了多久的藕节。

从第一次捡藕节起，我不再当甩手掌柜，蜕变成一个心细如发的母亲。

跑儿今年大学毕业，健康灿烂。他常说，妈，很多同学都羡慕我，有一个漂亮的作家妈妈，警察妈妈，最疼我的妈妈。

那天我回溆浦路过菜市场，看到一担新鲜的莲藕，不由自主地蹲下来买。卖藕的问我，你要哪节？我才知溆浦也兴一节节地卖了。看着他熟练地削下藕节，我又想起当年捡藕节的事来。

春和堂仍在，我偶然进去串个门，我们送的锦旗还挂在墙上，里间终日飘荡着药香。问起郭老医生，郭医生告诉我，老爷子早几年病故了。

我心里一凛，跑儿何其有幸啊！

我时常想起重复过 N 次的场景——我曾固定奔波在那一公里间，谦卑而虔诚地取走摊主早早备好的新鲜藕节。

珍贵的赠书

那年初夏的一个下午，我坐大哥的车从外地归家。车刚进院子，门卫老于追进来喊，小申，传达室有你的快递！我正从大哥车里抱出一堆东西，便示意同行的侄女冰冰去拿。在楼梯间，冰冰从后面递过来一包快递，明显是一本书。

谁会给我寄书呢？直到我进了家门，拆开快递封皮，才看清楚，是李元洛老师寄来的签名本随笔集《书院清池》。

李老师是著名的诗歌评论家、散文家，早年就读于北京师范大学中文系。他怎么会给我寄书呢？这要从大半个月前的浏阳大围山笔会说起。

2010 年 4 月，我受邀去大围山参加笔会，那次参加笔会的省作协老师挺多。李元洛老师也在。不记得是哪位老师跟李老师介绍：小申，笔名叫亦蓝，怀化的，是毛院七班的学生。高大的李老师朗声一笑：噢，难怪看你很面熟！

我腼腆地笑笑，没敢搭什么腔。不曾想，老师对我还有一点点印象。我确实有幸在毛泽东文学院聆听过李老师的精彩讲课，课后也上台找他合过影，但话都没来得及说，等着跟他老人家合影的同学太多了！

大围山笔会有两三天，我始终默默跟着大队伍走，没有勇气私下跟李老师交流。

笔会结束的当天清晨，时任省作协专职副主席的梁瑞郴关切地问我如何回怀化，我说，我得返回长沙坐火车。他马上说，那你坐我们作协的面包车回长沙吧！

就这样，我得以与《第二次握手》的作者张扬老师、著名散文家王开林老师以及李元洛老师伉俪同车，一起从浏阳回长沙。

我陪着李夫人坐在最后一排。夫人是位慈眉善目的老教授，健谈，跟我一样信佛，她与我颇为投缘，一路聊得很尽兴。

因为我的一个极其平常的礼貌之举，李老师跟我说：小申，等会儿把你的通信地址和手机号码给我！我正纳闷着，旁边的张扬老师笑了："李老师要给亦蓝送书了！"我且惊且喜。可当时找不到纸笔，李老师说，吃饭时你记得去借纸笔啊。

吃饭时，李老师并没提找纸笔的事，我心里有点急，但是不敢鲁莽地找他写纸条，想着，万一老师忘记了，就算了，当他是随口说说吧。

饭后大家闲谈了一会儿，李老师主动提起："小申，你赶紧去收银台找纸笔，写上你的号码跟通联。"这一回，我赶紧起身照办了。他当时还夸了下我：小申字写得不错！

回家后，我也忙，便淡忘了寄书的事。偶然记起，也想着，若老师只是随口一说，我也不会介意的。

可没过一个月，我就收到了李老师挂号寄来的散文集与一封短信。书的封面是一池隐隐的睡莲。

他怕我收不到书，特意在信里附上了他的家庭电话，嘱咐我收信后一定回个电话给他。当时是下午 3 点多钟，我怕影响两位老人休息。吃了晚饭，我才怯怯地打电话过去。电话挂通后，我一时间不知该说什么，翻来覆去就说感谢。这时，李老师说，你师母要和你聊几句。我忙说，好啊！师母爽朗的笑声从电话那头传来。她热情地邀请我，倘若再去省城，一定去她家做客。我连连答应着。李老师又抢过话筒，叮嘱我，一定要看看其中的某篇，那篇随笔是收入某版高中语文教材的。我连连说好。

李老师不轻易赠书给一个素昧平生的学生，这个我早听人说过。这份赠书之谊我自然会珍存在心。我当时就在心里想好了，一定抽时间好好读这本书，并珍藏他的手迹。

李老师的散文集，我认真拜读了。读的时候，我脑海里总是晃过他在毛院讲余光中诗歌，讲他的唐诗、宋词和元曲之旅的情景，也总想起他找我要通信地址的认真样。

一晃多年过去了，这期间我去过长沙无数次，却从没去打扰过李老师一家。我总以为，记得一个人，在心里就行。

前不久，我陪大学刚毕业的跑儿去拜会梁瑞郴老师的儿子，他是湖南卫视著名的制片人。他让一个姓李的小伙出来接的我们。跟跑儿一番面谈后，他欢迎跑儿加入他的团队，以后由小李直接带他。

一旁的小李得知我是梁老师的学生后，随口提起：我的外公也是一名作家呢！

我忙问，是谁？他轻声说，李元洛。

我的心里陡然就亮堂了，那一刻，我无比想念李老师夫妇。也想着，真要找时间去看看他们了，李老师应该八十有一了！

跑儿即将跟两位老师的后辈学习与工作，这人与人之间的缘分真是妙不可言啊！

溆浦人的五月半

湖南溆浦过端午较为特别，兴过农历五月十五。《溆浦县志》载：“端午做角黍，饮蒲酒，簪艾叶，插朱符，为竞渡之戏，而俗以初五为小端午，望日为大端午。”缘何如此，我听说过两个版本，一说与屈原有关，一说与马援有缘。前者说，公元前 278 年五月初五，屈原吟咏着：“滔滔孟夏兮，草木莽莽。伤怀永哀兮，汩徂南土……”在汨罗抱石投江。噩耗传至其流放过 9 年的溆浦，已过 10 来天。溆浦一带，自此以五月十五为端午节。后者相传，公元 48 年，武威将军刘尚出征湘西剿五溪蛮，全军覆没，年过六旬的马援主动请缨。举兵日，正值五月初五。马援趁蛮酋过节，饮酒过量毫无防备，一举将敌方击败。10 天后，他杀猪宰羊犒劳将士。之后，溆浦、辰溪等大湘西一带兴起了过大端午，俗称“五月半”。

我居怀化多年，既过小端午，也过五月半。小端午过得潦草，五月半过得隆重。在异乡的溆浦人大抵如此。

溆浦人在五月半也兴包粽子。最有特色的，当属因酷似枕头而得名的枕头粽。话说屈原投江的消息传至溆浦，家家户户将煮好的枕头粽用小船运到河中央，一边往河里丢，一边念念有词：“鱼兵虾将听我言，莫吃屈原大好人，要吃就吃枕头粽……”

平铺洗干净的几张箬竹叶，将上好的生糯米搁在叶子上。糯米正中间放上切成长条的五花腊肉，加胡椒粉、五香粉等，用箬竹叶裹紧成圆柱体，再用棕榈叶当绳子，将圆柱体“五花大绑”，再码入大锅。有条件的用山泉水蒸煮，用文火煮一晚，肉与油会渗入糯米中，好看又好吃的枕头粽就做好了。

父亲是邵东人，记忆里，我没见过祖母与母亲包粽子。当年住溆浦时，每逢五月半，大大娘（母亲的大嫂）会帮我们家煮好枕头粽和三角粽。举家迁怀化后，大大娘也老了，我就再没吃过她煮的枕头粽了。但每年总有溆浦熟人送几只枕头粽过来，给我们解解馋。近年，溆浦人发现商机，开起了粽子作坊。还没到小端午，枕头粽就通过快递传到了大江南北，解了无数在异乡的溆浦人的乡愁。

今年，同学“伍佰万”囤了不少龙潭合田的白丝糯，说是冷水田的。采购了山里腊肉，早早开始秘制枕头粽。我问，你请哪的师傅做？他呵呵一笑，伍师傅自己做。看到我惊讶的样子，他说，小时候见家人做过，很简单啊！我批评他的枕头粽原料虽好，但没小时候吃的香。他说，那我继续去粽子作坊偷师学艺吧！“伍佰万”姓伍，中专毕业后分到市里某企业，下岗后开始做生意，先是在步行街做了多年服装生意，积攒了数桶金，得外号“伍佰万”。但这些年实体店不好做，他尝试做过农业，几十万下去打了水漂。如今他开着奥迪，跑到老家创业，做枕头粽，也算传承了溆浦文化吧！

既然有“五月半”，中秋节就成了溆浦人的“八月半”。一到五月半，家家户户都飘出黄豆炒仔鸭的诱人香味。母亲做的鸭子尤其好吃。奇怪的是，她手把手在旁边监工，我和姐姐做的鸭子，硬是不如她做的。八月半，溆浦兴吃鹅。溆浦女婿或准女婿要在五月半备鸭两只，八月半拎两只鹅，去丈母娘家拜节。溆浦人大多喜欢选择八月半“上门”，图的是花好月圆。“上门”即订婚，“过礼”时除了礼金，还得备其他的四样或八样，鹅必不可少。女方家则退礼一半。因而，每逢佳节，土鸭与溆浦鹅的价格便会节节攀升，商贩子知道再贵你也得掏钱买。只是一到傍晚，鸭或鹅的价格会迅速暴跌，那时的节大都拜完了。

当年，有位男生，八月半兴冲冲地拎只大白鹅去女友家拜节。女方父母看不上他，将他拎去的鹅丢了出来，他沮丧地将鹅拎到另一单身同学处。同学笑他，赶紧拎回家孝敬自己父母吧！大家满以为他俩黄了，可他们又成了。

溆浦大江口的“扒龙船”，据说也为纪念屈原。端午节的龙舟竞渡，据专家考证，早在春秋前，即为南方吴越一带的图腾祭祀习俗。

15 岁那年，我跟着姐去大江口看“扒龙船”。姐当时在沅江西岸的省维尼纶厂工作。对岸是犁头嘴和顿旗山。顿旗山在犁头嘴对岸折成直角，延伸到溆水北岸，而从犁头嘴的古码头上去，是江口镇的下街，我外婆家就在那里。

那年五月半，河滩上人山人海，日头烤得河滩和我都冒着烟似的。几十艘龙船在比赛。40 米长的龙船，翘起丈多高的船尾，成钢叉状，酷似龙尾。每条船上配 72 位水手，还有放铁炮的，吹唢呐的，挥舞破蒲扇、男扮女装搞笑指挥的，裹挟着楚地巫风的神秘与野性……

五月半“扒龙船”，一直是溆浦人的盛事。最热闹的一年，60 多艘龙船在犁头嘴上下 2 公里的河段里“会龙”。“船多了，难免无意的碰撞和有意的挑衅，沉船、落水、打架的情况经常出现，严重的还淹死过人。”

2003 年的五月半，龙舟盛事正在进行。锣鼓喧天的江中，有两条龙船纠缠一处，双方竟用船桨斗起殴来，有人被船桨打下了水。旁边几只龙船凑上来参战，一时间，江面乱作一团。附近两个村的龙船掐架了！莲花村一艘机帆船冲了进去，使得两三百人先后落水。江边长大的汉子，大多识水性，最后几十人受伤，死了好几个……欢欢喜喜的龙舟赛演变成一场悲剧。

大江口一年一度的“扒龙船”自此被政府叫停，龙船均被销毁。

10年后，大江口龙船又“扒”起来了。《九歌》里的场景重现：“驾飞龙兮北征……横大江兮扬灵。”

那年，湖南电视台元旦晚会捧红了刘欢，没捧红黎亚，陈小奇填词的《湘灵》，我还能完整地唱下来——“是什么时候的秋风，吹来潇湘古老的梦？是什么时候的琴瑟，还在等待涉江的芙蓉……”白衣的黎亚衣袂飘飘，在我心头晃了30年。

那年屈原文化节，我跟着大部队重走了一回屈原入溆路。犁头嘴古码头上的鸬鹚，江口下街，外婆的窨子屋……在回望中渐渐清晰。

五月半，外婆在吊脚楼里包的枕头粽，窨子屋旁的碗儿糕，老父亲年年帮我在家门口挂的菖蒲与艾叶，《涉江》里的那句“入溆浦余儃徊兮，迷不知吾所如”……都是怎么也飘不散的楚风古韵啊！

第五辑　书卷多情似故人

让你就藏在我的画里

那是怎样的相逢？古人早说过："金风玉露一相逢，便胜却人间无数。"无论在哪个年代，初见总是最惊艳的。陈锦端便那般嵌进了林语堂的心里，一扎根，就是一辈子。

他俩的爱情并没逃过约定俗成的套路：初见彼此倾心，再见如胶似漆，尔后棒打鸳鸯，再后远隔天涯……不一样的只是，当陈父不肯在婚姻上给孩子自由时，林语堂选择的并非抗争，而是妥协，并默认了陈父因负疚而给他另择的婚事。谁也没法揣测林语堂当时的心思，或者他知晓门第观念的森严，懂得社会地位悬殊带来的不可逾越的鸿沟，便不做扑火的飞蛾——纵是深深痛惜，心里千转百回，肝肠寸断，他还是选择了离开。

那年代，没有信乐团的《离歌》，但他心里，一定是有过离歌的。

离开心爱的女人，他选择了陈父为其做媒的廖翠凤。我想，他之所以顺命，说不定还因为，廖翠凤恰恰是他能接受并愿意要的人，才避免了一出爱情悲剧。上苍善待他，怜惜他懂得生活，虽编排令其失去至爱，总算赐他一段良缘。

林语堂太懂得人生浅显的道理。他这样说过：“吾所谓钟情者，是灵魂深处一种爱慕不可得已之情。由爱而慕，慕而达则为美好姻缘，慕而不达，则衷心藏焉，若远若近，若存若亡，而仍不失其为真情。此所谓爱情。”他把对陈锦端的感情“衷心藏焉”，踏踏实实地过起了日子，或因“若远若近，若存若亡”，他虽于1915年订婚，还是拖了4年才完婚。

无法猜到那些年，他内心可曾期待过命运的乾坤大挪移，或者真花了那么长的时间才抚平一段“慕而不达”的爱情创痕。

而陈锦端是个女子，女子注定要痴情很多，至少形式上。

她违抗父命，毅然决然的坚守，等来的却是林语堂的改弦易张。她只身远渡重洋到美国攻读西洋艺术，靠苦学来忘却爱情。真爱，岂可真正忘记？归国后她一直在上海教书，拖到32岁，才跟厦门大学一位教授方锡畴成婚。

林语堂与陈锦端没有做成夫妻，并未妨碍彼此一生两两相望。

她总出现在他的画纸上——宽长的夹子将她的一头长发束在脑后。画里的女孩经年不变，女儿们不解，他只是说：锦端的头发是这样的。

聪明的妻子当属廖翠凤，她从来不去触及他的隐痛，她明白，即便他对陈锦端念念不忘，与之偕老的仍是她廖翠凤啊。于是，她听之任之，家庭便其乐融融。在婚姻里，我们真要向廖翠凤学习，做一个难得糊涂的人——不管他心在哪，人始终伴着自己呢！人在身边，儿女绕膝，还恩爱有加，何尝不是幸福。

林语堂也是聪明的，“慕而不达”才成就一辈子的默默牵念，倘若他俩当初冲破一切阻力牵了手，未必真能一生都拥有最初的热忱和激情。人是不知足的动物，爱有时还会铸成一把双刃剑，太相爱，对彼此的要求会更高，现实与理想终归有距离。他对廖翠凤期望值不高，廖翠凤偏偏冰雪聪明、善解人意，夫妻自然能联袂上演一场永不谢幕、质量上乘的婚姻大戏。

早年，他女儿四五岁时，陈锦端还不时来林府拜访。据说每次她来，他总是很紧张，廖翠凤却从容得很，她知他俩的往事，偏偏从不吃醋，除了足够自信，也因他值得她深信。到了耄耋之年，他已病魔缠身，坐着轮椅，住在香港的三女儿家。一次，陈锦端的嫂子登门拜访，他迫不及待地打听陈的近况，听说她就住在厦门，马上激动地表示要去探望，廖翠凤一语击碎了他的美梦："语堂，你不要发疯，你不能走路，怎么还想去厦门？"是啊，他已这样了，还是偶然在梦中相见吧！

几个月后，他惜别尘世，再过几年，陈锦端也辞世了。

爱情并未因他俩的相继辞世而淡去，它活在关注他们爱情的后人心里。林语堂一生痛恨门第观念，写了无数冲破门第牢笼的青年男女，在他们身上寄托了自己的梦想。在现实生活里，他选择的是豁达地与妻子恩爱，牵手到老。

这样的结局或许是最好的——爱情从来在心底，未以婚姻的形式存续罢了。或许正因如此，爱情才真正永恒。

让你就藏在我的画里，愿岁月静好，愿彼此都在现实生活里学会珍惜身边人。

带泪的溪砚

那年盛夏，我随一帮文友去了双峰水府庙。得了一方砚，做了一场梦。

涟水河畔，在清嘉庆、道光年间，曾有个叫溪口的小镇，盛产一种溪石。

镇上林立着“玉生堂”“吉庆砚庄”等诸多店铺，有钩子船与水码头，风光一时。

无数商贾仕宦、文人墨客，为寻一方心仪的砚，或船或马，往来于萋萋古道与杏黄酒旗中。

200 年后，溪口成了水府庙。

古镇从此永沉水下。一草一木，一砖一瓦皆成了水下的鬼。那些或悲或喜的传说，唯有涟水心知肚明。

原居民的后裔迁徙的迁徙，留下的留在岸边。

同时沉入水底的，还有雪花滩的溪石。

一块千年前的溪石，遇到一个懂它的匠人，或许就能成就一方绝好的溪砚。

史书里的溪砚，是被这样记载的：质地细腻，坚而不顽，抚之生润；贮墨不腐，积水不涸；悬之扣之，其声如磬；纹理多变，石色五彩，呈碧绿、绛红、橙黄、淡青、紫罗兰诸色……

与溪口仅30公里之遥的富厚堂，是晚清重臣曾国藩的老宅。他与溪砚，有着不解之缘。相传他曾进贡一方溪砚给同治帝，同治帝格外珍惜。溪砚由此出名。

宋樾生，抗日名将宋希濂将军之父，也曾在溪口办溪砚公司，鼎盛时期拥有砚工200人，产品远销东南亚，战乱年间，公司不得已关闭。

清道光四年至十二年，浙江镇海人胡钧，先后四任湘乡知县，他对“清代湘学复兴导师”邓显鹤的诗文极其敬仰。道光十一年，胡知县亲备两方溪砚至邓府，欲以求诗。邓显鹤“得二犹未足”，并有“请益之语”，胡再以第三方相赠，于砚阴刻字：“我无奢望，酬以诗篇。”三方溪砚才换得两首诗文，一“楚南北斗”，一“七品知县”。都云，索砚者与求诗者，均近乎痴。

话说邓显鹤得了溪砚，请何绍基同赏，并在《南村草堂诗钞》中写道：“以湘乡雪花滩石为砚，佳者过端溪，五盖不足言也。”何亦感叹：“湘石佳者可奴隶五盖，端溪上品无以过！”

他们所言“佳者”，即溪口雪花滩的溪石极品“双峰绿”。而“五盖”，指湘桂交界之骑田岭五盖山所产的砚台。可见，在那时，溪砚即可与端砚媲美，其上品已然超过了端砚。

古镇湮灭于一江水之下，是1958年的事。

搁回200年前，雪花滩的“双峰绿”并不罕见。可如今只能静等每年的枯水季，等雪花滩重返人间。再出水面的“双峰绿”，其成品砚，色呈翠绿，螺纹缠密中涵豆色天眼数枚，饰以金线银线。一呵气，云影顿生，清雅莹润；拍之，其声清悦，木之质感。

40多年前，溪砚也曾重放异彩。但广交会上的再次亮相与畅销不过昙花一现。

直至2004年，8位乡人让溪砚再度辉煌，刘锡忠是其中一位。大概是合久必分，合伙人后来撤的撤散的散，刘锡忠坚持了下来。

他放弃了已有名气的品牌“国藩”，重创“湘军水府”，他们的溪砚，或方或圆，或扁或正，或箕形带足，或仿古琴瑟，或不开膛池、不加雕琢之天然砚。砚海中写满神话传说、山水花鸟，尽显汉唐遗韵、明清风采。

我们一帮人看得眼花缭乱，一时间都穿越回到200年前。

在深夜的帐篷里，我梦到了200年前的溪口。

我真的是一个砚老板家的四小姐。而终日埋首雕龙刻凤的年轻砚工，少年起就随我父亲学徒，是我暗暗喜欢过的人，他从不敢正眼看我。那个春日，我正在绣楼绣花，窗外鸟语啾啾，随意探头窗外的我，接住了一个书生的目光。那书生面白身长，有着温和的笑容，清朗的眼神。第二年，书生托人上门提亲，携我去了千里之外的江南。父亲陪嫁了一方砚，湘波绿，砚台上方雕着一朵带露珠的荷，是砚工花了好些日夜精心打磨的。我出嫁的那天，他也到门口相送，一句话没说，我瞥见了他眼角的一滴泪。

200年以后，一个起了霜的夏日清晨，我在湖边醒转。枕边有一方砚，也有一滴泪，与荷砚上的露珠一模一样。

火柴人

历来喜欢看爱情片，对惊悚犯罪片是不敢涉足的，但这次当作作业完成的好莱坞大片《火柴人》，我还是从头到尾细细看了。

通过这部片子，我弄明白了什么叫“火柴人”。“火柴人”是美国俚语，指那种可以让人掏心掏肺外加掏钱的骗子。一个厉害的“火柴人”，即便手头只有一盒火柴，也能利用如簧巧舌，让对方受骗，并心甘情愿花高出很多倍的价钱来抢他手中那盒火柴。

故事的主人公罗伊就是这样一个“火柴人”。他有一个合作伙伴弗兰克，两人配合得天衣无缝，从未失手。他们平素专骗一些贪图便宜的人，榨取不算多的财物。

罗伊患有轻微的精神强迫症，一直靠服用药物维持正常的生活。一天，他不小心将药物弄丢了，还找不到以前那个给他开药的医生。弗兰克帮他找来一个心理医生。

心理医生帮他解开了心结，还帮他找到他从没见过的、14 岁的女儿安吉拉。

罗伊内心潜伏的父爱被激发，女儿对他的依恋让他的生活日趋正常……

他决定金盆洗手，却无意间把安吉拉卷进一场“犯罪”。

为了保护女儿，他让弗兰克带着安吉拉远走高飞，独自留下来收拾残局。

他被当头一棒打进了医院。两个警察讯问他，追查弗兰克的下落。罗伊此时要求见自己的心理医生，将保险柜密码告诉了医生，并托付他转告安吉拉。

之前，有一次取钱，他让安吉拉在那里增加了一个签名。

故事在此峰回路转。

托付完毕，心理医生离开。罗伊忽然感觉身子燥热。他呼喊警员帮开空调，但没人应他。他只好自己起身。好不容易找到一扇门，打开门走出去，才发现他被关的地方，只是一幢高楼的顶层，除了他没有第二个人。

弗兰克给他留了一封信。

原来，一切的一切都是老搭档弗兰克的精心设局。

罗伊这才想起去找分开了 15 年的前妻。得知她当年并没生下孩子。

他回到现实里，过起了普通人的生活。

一年以后，他在工作的地毯店里遇到了一对前来买地毯的小年轻。女孩竟是他的安吉拉。她显然惊慌失措。罗伊只是看着她，什么也没说。安吉拉支开男友，感谢他对她的“包容”，并对那场骗局表示道歉。她说，自己在那场骗局里也没分到应有的酬金。

安吉拉临走前，还像一年前一样喊了他“爸爸”，说以后会来看他。

罗伊回家。妻子正精心摆弄着餐桌上的美食。她回过头来，镜头先推向她隆起的肚皮，再慢慢往上推，我才看清，她就是镜头里反复晃过的、超市里那个美丽的收银员。

以往，他每次都是在她那付钱，不管队伍长短。从前，他似乎无暇去追求这个美好的女人。

……

这个故事让我明白很多道理：不义之财不可取；所谓的心理暗疾，有时只是自己的臆想。一个高超的骗子，在亲情与友情面前，失去了原有的警惕性，从而遭遇惊天大骗局，说明爱的力量是可怕的，它甚至可以改变一个冷血而理智的人。

罗伊看似失去很多，其实他得到的更多。

在他行骗的生涯里，除了金钱他一无所有，精神上的困扰也时时折磨着他；当他的金钱被他最不防备的朋友席卷而空时，他没有选择去复仇，而是过起了新的生活，从此心灵平静、岁月静好。

刚看完这部片子，在百度里看到一则新闻，某著名女主持人跟某女星又被卷入一场受贿案。本来光鲜靓丽的女主播将来的命运如何，还不得而知。美貌带给了她们汹涌而至的财富或爱情，却在始料不及之际，一棍子又将她们打入丑闻里。

当然，一切都会过去。

在真相未被揭穿之前，所有的表象都光鲜迷人。

真正的财富是什么？什么才能让你心灵安详富足？

在热闹繁华的大千世界里，我们总是在错失什么，我们追求的又是什么？在不懂得自己真正所要的东西时，悲伤和张皇总是随之而来。

任何骗子到头来终究只是骗了自己。他可能会得到一些想要的，事实上他又在失去最不能失去的一些宝贵东西。人心叵测，但对比起来，失去自我，失去快乐，才是更可怕的。

我们总在为失去的一切而痛心疾首，却从来没有认真地思考过为什么会失去。失去的，都只是些原本就不属于你的东西啊！

不属于你的东西，任它走吧。像罗伊一样，从头开始，做一个健康、充实的人，无愧、无怨、无悔地开始简单的新生活。

雪中莲

对雪莲的印象，源于电影《冰山上的来客》。男中音缓缓抒情："戈壁滩上的一股清泉，冰山上的一朵雪莲……"

当年我没去过戈壁滩，更没抵达冰山下。

雪莲，始终在我的歌声里，从《冰山上的雪莲》到《雪莲花》，再到王菲的《雪中莲》。我在歌里望见雪莲朦胧的模样。

那夜暴雨如注，心内翻江倒海，一首《雪莲》跃然纸上。写诗非我强项，心下惶然，欲寻雪莲图片壮胆，才平生第一次瞧见了雪莲的模样——十多瓣玉白或淡绿的半透明膜质苞片，拢着一颗紫色半球状花心，像极了荷，傲立于风雪之中。

原来这就是雪莲，我唱了多年却不曾谋面的雪莲啊！

雪莲不只天山有，藏、滇、川也有分布，生长在海拔四五千米的高山流石坡及雪线附近的碎石间。唐代边塞诗人岑参曾有诗云："耻与众草之为伍，何亭亭而独芳！何不为人之所赏兮，深山穷谷委严霜？"它属菊科，本质是菊，冠名为莲，又名雪荷花，维吾尔语称之为"塔格依力斯”。药用价值毋庸置疑，是百草之王、药中极品。雪菊，雪与菊，唉，确实没有雪跟莲那般珠联璧合。

世间万物不一定皆得求其本质。指鹿为马，有时反倒是皆大欢喜的结局。

我早已不再执迷。见与不见，遇与不遇，都已非人生中的重要课题。

世间莲，多始于初夏，亭亭于盛夏，在昆明方能遇秋莲。天山雪莲，也是七八月间开花，可俏丽在高海拔的悬崖峭壁上、冰渍岩缝中，果真是歌中唱的“莲花开在雪中间”。度娘让我醍醐灌顶：雪中莲即天山雪莲，原唱邓丽君。难怪我曾纳闷，雪花飘飞时，怎可以看见莲花朵朵开？

唱熟了王菲空灵飘逸的版本，每次去KTV必点曲目。无论怎样嘈杂的包厢里，只要这首《雪中莲》响起，正说着话的，都会开始凝神倾听。而歌者，瞬间升起如莲般的感觉……

普通的莲，大抵落入红尘中，在一方塘，或半亩田里，出污泥而不染；而雪莲，注定在悬崖峭壁间，在冰雪中，寂寞着它的寂寞，让冰雪见证它的无邪与坚强。

我终于见过了戈壁滩，仍没抵达冰山下。混沌间，我认得了雪莲，它仍然孤守在冰山悬崖上。你去不去见它，想必它不会在意；你若历经千山万水匍匐在天山脚下，它必然在悬崖上朝你粲然一笑，而你不一定看得见。

天山雪莲于你，也许终生只能遥望，我也愿意只是遥望。

惊鸿一瞥里的“雨花石”

甚少看电视，一些喜欢的歌，往往从惊鸿一瞥中得来。

那年，某频道播刘海波的《再见了最爱的人》，隔几年后瞥见杨钰莹在电视上翻唱老歌《永远和你在一道》，都让我喜欢得很。只是遗憾，我至今没找到那首我会哼一句的 MTV，席慕蓉诗歌《戏子》的歌词：“今生今世我只是一个戏子，在别人的故事里，流着自己的泪。”

最爱的歌并不曾时时听，一味地单曲循环也会使人抓狂。听歌尚且如此，何况读书阅人？儿时，我常盼着快长大，长大了，很少想象将来。懵懂些，未必不好。

这一次又是惊心动魄地遇上。是的，别误会，是遇上，遇上一首令我心动的歌。

头夜，重播星光大道总决赛的第一场。我一心三用着，还抽空看完了江苏台前几天的《非诚勿扰》视频。耳畔刹那响起这首歌，我的心，一下子被牵走了。

怎么这样熟悉？趁着两个歌者还没唱完，我迅速记下了其中一段歌词："我是一颗小小的石头，深深地埋在泥土之中……"——很多当时没记住歌名的老歌，我就是靠这种方式，把它们从记忆深处打捞出来。

把歌词复制后再百度，找到这首歌，原来是改编的老歌《雨花石》。前些日子确实听过，是李玉刚与石头合唱的。这次是石头唱男声，伴唱的女声是湘妹子李雨儿，他俩的高音飙得让人惊讶。李玉刚、石头与李雨儿跟星光大道都有渊源。

不得不承认，我这个70后的口味偏60后，喜欢抒情的歌多过如今时尚的口水歌。在老歌中度过我的童年时光，少年满怀的心事借着王杰、谭咏麟那一代港台歌手的歌声宣读，《雪在烧》的黄莺莺，《痴情不是一种罪过》的潘越云，直至青春岁月里的孟庭苇、陈慧娴……如今，对新生代的歌手反倒陌生。我也试图去排行榜点击新歌听，但是能感动我的歌越来越少了。

孩子对我喜欢的歌往往嗤之以鼻，他喜欢的又都是我不喜欢的，但他2岁时就会唱《安妮》的情景我至今记得。孩子喜欢唱歌是有遗传的，因为他爸的歌也是唱得一级棒。所以，我经常在深夜里去熟睡的孩子头上摘耳机。

有段时间我迷上了小娟的《我俩永隔一江水》，连孩子他爸也央求我，你可不可以换一首欢快些的歌啊？后来我又迷上谭维维的《往日时光》，无意中发现师杰的一首《温暖时光》，最近听罗大佑的老歌《闪亮的日子》——我来唱一首歌，古老的那首歌，我轻轻地唱，你慢慢地和……

多么怀念从前的日子，我轻轻地唱，你慢慢地和。

将博客更新了外链上的《雨花石》MP3，还把童声版的也挂上。没细究这首歌的真正含义，唱给谁的？

电视上，有评委在问石头，唱时有没有想起父亲？石头老实地说，没有。我以为，很多歌也许初始是写给特定的人，但传唱开来，每人都有自己的诠释。不管唱的亲情、爱情，还是别的什么，旋律打动了我，歌词打动了我，在我眼里就是一首好歌。

对雨花石我一点儿不陌生，儿时就知道南京有个雨花台。

多年以后，我两次去南京短训。2005年暮春的南京一日游里有雨花台，我居然埋头试图寻找雨花石，明知无望也在土里寻找了好一会儿。

当然，最终我在夫子庙买了十几个看似真其实很难真的雨花石。

物以稀为贵，一般人只怕难以花钱买到真石头了。

那些雨花石至今收藏在一个玻璃花瓶里，权当它是真的吧。

在人世间，有时需要适时地自欺欺人，才能过得简单快乐。

雨花石产于南京雨花台砾石层。雨花台砾石层为古长江及其支流秦淮河、滁河的沉积物。形成于距今约1200万年至300万年的地质时代。难怪石头和雨儿一直在唱:“我是一颗小小的石头，深深地埋在泥土之中，千年以后繁华落幕，我还在风雨之中为你等候。”

千年以后繁华落幕，有谁真的还能在风雨之中，等候自己心中的雨花石呢?

关于《金蔷薇》

小恙，被先生逼着去斜对面的诊所挂水。每日几个小时的吊瓶生涯，唯有靠带去的书打发时光。

第一晚，我带了本周作人的作品集；次日上午，带本简桢的散文；当晚，带的是《金蔷薇》。这三本书都是本地一位老诗人赠予的。去年年底，他给我电话，说感谢我在不少的饭局里经常为视力不好的他夹菜，他没有别的表达心意，手头有些旧书，自己眼睛不好，没法看了，陆续送了一些好朋友，他挑了几本预备送我。电话这头的我，雀跃地表示，我明天下午来取。

一个无风却阴冷的冬日下午，我把自己裹得严严实实，坐公交车去了老诗人的家。他拿出早已准备好的九本书送给我。我第一眼就看到这本《金蔷薇》。

印象中有这本《金蔷薇》，是那年在毛院课堂听远人讲过的一个故事。

收到赠书的那晚，我参加一位文友的饭局，次日上吐下泻，感冒连绵不绝。不觉，一晃十余天过去了，老诗人的赠书我一本还没翻过，终于借生病打吊针的机会，开始阅读。

诊所人来人往，很难潜心读书，带的前两本书都静不下心读，这次却不同。

我已经完全沉浸在文字里。

一个老乡来取药，看到我读书入迷的样子，忍不住赞许：爱读书的人，到哪都是捧着书。

她有所不知，我已经很久没有静心读书了。

感谢《金蔷薇》，让我拾回对文字的热爱。

我在网上搜索到当年远人讲的故事。

原来，译者变了，出版社变了，书名变成了《金玫瑰》。

我才想起，玫瑰与蔷薇原来是有渊源的。英语里面，玫瑰、月季和蔷薇，统称 rose，同属蔷薇科。长久以来，我对蔷薇的印象，是年少时在校园角落见过的，一簇簇细小粉色的小花。那年初夏，在文联易蓉家门口又重见。月季与玫瑰我分不太清楚，以为花店卖的是玫瑰，花盆里的是月季。这几年才弄明白，花店的玫瑰其实是切花月季。北京街头种植的多是欧月，一到初夏，摇曳多姿，大气迷人。而真正的玫瑰多用于制作香料、精油，模样普通，花期又短。

这确实是个美丽的误会。世上有那么多误会，有那么多不为人知的真相，地球照转，人类照常吃喝拉撒；月季、玫瑰、蔷薇，说到底是一家人。

手头的这本《金蔷薇》，是苏联作家康·帕乌斯托夫斯基著，李时的译本，1980 年 9 月新一版的上海译文出版社出版的内部发行文集。

《金蔷薇》是一本谈创作经验的散文集。作者不仅总结了自己的写作经验，还研究了诸多大作家，比如雨果、福楼拜、莫泊桑等的创作活动。

远人提到的金玫瑰的故事，其实就是这本创作谈中的第一篇《珍贵的尘土》。这样娓娓道来的文字，直驱人的内心深处，让我对故事中的男主人公——前第二十七殖民军的兵士、巴黎的清洁工约翰·沙梅的那份坚持肃然起敬。

沙梅喜欢自己从异国他乡带回来的小姑娘苏珊娜。

多年后，他俩在巴黎街头重逢，他是清洁工，收留了在爱情上受挫的苏珊娜。后来她与她爱的人，一个年轻的演员和好了，爱人来接她走。苏珊娜临走前跟沙梅提起一个故事，是当年在回国游轮上沙梅讲的。她微微叹息："假如有人送给我一朵金蔷薇就好了！那便一定会幸福。我记得你在船上讲的故事，约翰。"

她不过随口的一句感慨，沙梅却记在心里。

他决定倾其一生，去打造一朵金蔷薇，为她。

沙梅爱一个人，只是希望她幸福。他每天默默去首饰作坊收集尘土。日积月累，金蔷薇打造成功。可惜，苏珊娜当时不在巴黎。他要死了，金蔷薇没能送到心爱的她手上，落在了常去看他却从不给他带药的首饰匠手里。首饰匠把金蔷薇卖给了一个不修边幅的文学家，顺带讲了这个心酸的爱情故事。

文学家并没将这个故事当成一个凄美的爱情故事，他升华了它的意义，认为：

"每一个刹那，每一个偶然投来的字眼和流盼，每一个深邃的或者戏谑的思想，人类心灵的每一个细微的跳动，同样，还有白杨的飞絮，或映在静夜水塘中的一点星光——都是金粉的微粒。

"我们，文学工作者，用几十年的时间来寻觅它们——这些无数的细沙，不知不觉地给自己收集着，熔成合金，然后再用这种合金来锻成自己的金蔷薇——中篇小说、长篇小说或长诗。

"沙梅的金蔷薇，让我觉得有几分像我们的创作活动。奇怪的是，没有一个人花过劳力去探索过，是怎样从这些珍贵的尘土中，产生出移山倒海般的文学的洪流来的。

“但是，恰如这个老清洁工的金蔷薇是为了预祝苏珊娜幸福而作的一样，我们的作品是为了预祝大地的美丽，为幸福、欢乐、自由而战斗的号召，人类心胸的开阔以及理智的力量战胜黑暗，如同永世不没的太阳一般光辉灿烂。”

掩卷长思，作为文学爱好者，在人世间摸爬滚打这么多年，我也历经“每一个刹那，每一个偶然投来的字眼和流盼”，捕捉“每一个深邃的或者戏谑的思想，人类心灵的每一个细微的跳动”，也曾亲见“白杨的飞絮，或映在静夜水塘中的一点星光”，那么，在文学的世界里，我需要花多少年，才能打造出属于自己的那朵金蔷薇呢?

器乐的魅力

我不知道跑儿是怎么爱上器乐的。

他读小学时，我们决定让他学点特长，他不肯。我说，你两岁能唱《安妮》，五岁把《爱一个人好难》唱得像模像样，为何不想学音乐？他坚定地摇摇头，只一句话：没兴趣。

高一起，他狂热地爱上了足球，我悲哀地断定，这孩子怕是只有体育细胞。

湖南的高考分数线向来是高的。到了高二，我们发现成天要踢场球才肯归家的他，成绩最多上个三本。跟他班主任紧急商议，并征得他本人同意后，我们决定让他学播音主持专业。有朋友建议他学支舞蹈应付联考的才艺展示。我托人找到艺术馆的胡老师，热心的胡老师每晚开车接送他去学一小时舞蹈。

他第一次学舞回家，我开玩笑说，能不能跳给我看看？他有点扭捏，说，妈，马头琴的《摇篮曲》真好听！他放老师为他量身打造的舞曲给我听，一下子把我拽到草原上去了。

蒙古舞果真为他的联考博了高分。

大一刚开始不久，他对我说，很后悔小时没学器乐。我惊喜道，那帮你买架钢琴？他摇摇头，等我毕业吧。

每年寒暑假回家，他不再藏在房间打游戏，他每天长时间地弹钢琴。他在手提电脑上装了一种钢琴软件。他开始跟我谈肖邦的圆舞曲，谈贝多芬的《悲怆》《月光奏鸣曲》。我困惑，你怎么一下子迷上器乐了？他才告知，是胡老师的启蒙，学校开设了相关课程。他无师自通地学会了五线谱，把手提键盘当钢琴键盘，弹得行云流水。他成天陶醉在音乐世界里，我也躲在一边静心感受，从不惊扰。

2015年春天，他大二，我的闺蜜小华带他去成都娇子音乐厅欣赏中央音乐学院教授盛原的一场钢琴独奏会，几乎全是巴赫、肖邦以及贝多芬的曲目。小华讲，跑儿在钢琴方面的素养令她吃惊。

次年春天，鲁院安排了盛原的"音乐中的色彩世界"课，他讲莫奈的睡莲，讲德彪西，并亲手弹奏印象派的音乐《大海》的第二乐章《波浪的嬉戏》，让我们感悟各种艺术间的相通相融。课后，我告诉盛原，我孩子去年在成都听过他的演奏会。盛原意外又开心。

我从小熟悉肖邦这些艺术大师的名字，但仅限于从书本上熟识。20世纪七八十年代，我最早接触的是隔壁周哥的二胡，他拉，我唱，《手拿碟儿敲起来》。及我成人，大哥房间里有不少理查德的唱片，我也听过，可那时满脑子的通俗歌曲，大学毕业后到二哥的歌舞厅驻唱。一同学的女友喜欢秀她仅会弹的一支吉他曲《致爱丽丝》，我还暗里嘲笑。尽管大哥是吉他高手，我也只能捧着他的红棉吉他弹个单弦的《在水一方》。

多年以后，无意间读到一篇介绍班得瑞音乐的小文，我找来《森林中的一晚》，聆听来自瑞士大自然的纤尘不染的音符。我矫情地写过一篇《疗伤的班得瑞》，天知道那时我心里藏着怎样的忧愁！

事实上，钢琴、小提琴，抑或古琴、陶埙，甚至笛子、葫芦丝，不论是西洋乐器还是民族乐器，经由一双妙手或妙嘴，都能在一瞬间将人带进曼妙的世界，而等我明白，我已不再年轻。

乐器在歌曲里则通常扮演绿叶的角色，听者更关注歌者和歌词，甚少会辨识出伴奏的乐器种类。鲜有将歌词写出唐诗宋词的韵味的，陈小奇是个例外，他写出诸如“只愿能化作唐宋诗篇，长眠在你身边”的歌词，令我从少年怀念到中年。

无数音符巧妙组合的旋律，或如潺潺清溪，或跌宕起伏，都无须只言片语便能将情感悉数递达。听者是否意会，似乎并不重要——有知音，自是高山流水；无共鸣，也不过各自安生。

20 世纪 90 年代初，小城盛行交谊舞。那些无处安放的青春的忧愁，被舞厅一支慢四舞曲，生生催出无端的散漫与迷茫来。后来，我听到蔡国权的《不装饰你的梦》：“谁愿意一颗心永落空？谁愿意只装饰你的梦？”想起是那舞曲的旋律。再过很多年，确定真是《不装饰你的梦》的国语版《落花流水春已去》。

听过古筝弹奏的《不装饰你的梦》，在熟悉的音符中我回望到 20 岁的自己和怎么也捡不完的往日时光。我遽然发现，在音乐里，歌词往往显得苍白而聒噪，唯有器乐，能让躁动的心终得澄明。